長編超《スーパー》伝奇小説
ドクター・メフィスト

菊地《きくち》秀行《ひでゆき》

不死鳥街《ふしちょうがい》

NON NOVEL

祥伝社

目次

カバー&本文イラスト／末弥　純
装幀／かとうみつひこ

二十世紀末の九月十三日金曜日、午前三時ちょうど——。マグニチュード八・五を超《こ》す直下型の巨大地震が新宿区を襲った。死者の数、四万五〇〇〇。街は瓦礫《がれき》と化し、新宿は壊滅《かいめつ》。そして、区の外縁には幅二〇〇メートル、深さ五十数キロに達する奇怪な〈亀裂〉が生じた。新宿区以外には微震さえ感じさせなかったこの地震は、後に〈魔震《デビル・クエイク》〉と名付けられる。

以後、〈亀裂〉によって〈区外〉と隔絶《かくぜつ》された〈新宿〉は急速な復興を遂《と》げるが、その街を産み出したものが〈魔震〉ならば、産み落とされた〈新宿〉はかつての新宿であるはずがなかった。早稲田《わせだ》、西新宿、四谷《よつや》、その三カ所だけに設《もう》けられたゲートからしか出入りが許されぬ悪鬼妖物がひしめく魔境——人は、それを〈魔界都市“新宿”〉と呼ぶ。

そして、この街は、聖と邪を超越した美しい医師によって、生と死の物語を紡《つむ》ぎつづけていく。死者すら甦《よみがえ》らせると言われる〈魔界医師〉——ドクター・メフィストを語り手に。

第一章　発明家の逃亡

1

〈メフィスト病院〉の何処かにある〝隔離《かくり》病棟〟から、ひとりの男性患者が脱走したのは、初夏の夕暮れであった。

こういう状況の常で、白い院長は往診に出かけて留守、副院長は極《きわ》めて難度の高い外科手術に没頭中であった。

だが、たとえこの二人が不在でも、〈メフィスト病院〉からの脱出は、外部の手引きがあっても不可能のはずだ。何重——どころか、その千倍万倍にも達する警備システムの隙《すき》を突くなど、現実にはあり得ない行為であったし、システム自体が〈区外〉の最新科学の結晶などとは根本的に違うのだ。

物理的に見れば、患者はその病棟の一〇階——地上五〇メートル超の窓ガラスを溶《と》かして跳《と》び下りた。そして、所在不明の壁をこれも溶かして、通りへ出た——それだけの話であった。

ところが、「それだけ」の内容が姿を突き詰めると、〈新宿〉ですらあり得ない事態が姿を見せはじめた。

まず、窓ガラスは超高密度——ブラック・ホールの一〇分の一という物質から成り、それこそ核兵器の直撃にも傷ひとつつかない。また、患者は身につけた科学知識以外に特異な点は微塵《みじん》もなく、五〇メートルの高さから跳び下りれば、全骨格破壊、内臓破裂で即死するしかない。そして、外壁は、窓ガラスよりさらに強固な原子核BL《ビーエル》仕様物質で覆《おお》われた煉瓦《れんが》の集積であって、確認された手段——高熱の照射では崩壊しないはずの硬度を備えていたのである。

ちなみに、窓ガラスを溶解せしめる温度は摂氏《せっし》一〇〇億度、壁は一〇〇〇億度と判明したのである。脱走者は太陽の中心温度を遥《はる》かに超《こ》える熱を何処《どこ》から生じさせ、一瞬のうちに二つの障害を崩壊せしめたのであった。

病院の警備陣の顔を憂愁《ゆうしゅう》で満たしたのは、もうひとつ——平凡な肉体の所有者が五〇メートルの高さから地上へ落下し、まるで階段を一段踏み下りたかのごとく、停滞なしで走り出していることであった。

耐衝撃スーツや重力調整メカが介在《かいざい》していないことは、唯一《ゆいいつ》の目撃者の証言でわかっている。

脱走者の隣棟《となりむね》——一二階にある病室の住人が、そのとき、〝石のごとく〟落下する当人の姿を確認したのである。

これらの物理的怪事への答えは、しかし、単純であった。超高熱と耐衝撃用のエネルギーが、何処から患者の手に渡ったのだ。

その日の夜、往診から戻った白い院長は、いとも簡単にこの答えを選び、患者の氏名を聞いた瞬間に、具体的な手段を特定してのけた。

「〝隔離病棟〟C——一〇一一号室、財宝八州美《たからやすみ》。とうとう成功させたか——〝永久機関〟を」

同じ日の深夜、〈弁天町《べんてんちょう》〉の片隅にある廃墟《はいきょ》のビルの窓に、小さな明かりが点《とも》った。

「やれやれ、ようやく完成したか。しかし、病院の追手《おって》の目もくらます必要があるし、もうひとつか二つ、欲《ほ》しいところだ。世界を好きにするのは、その後だな。とりあえず、バイトでもしなくては」

それから一〇日ほどが過ぎた。

いつものように、ひいひい言いながら、工事現場から戻ってきた男は、部屋のドア——ならぬ簡易シャッターを開けた数秒後に、

「あ——っ⁉」

絶望的な叫びを放った。

「ない！　あんな中途半端な品を——何処のどいつが盗《と》っていった？」

ドアの下に作ったくぐり戸を押して、黒い毛並み

の動物が入ってくると、デンスケは眼をかがやかせた。

「やた！　今日は収穫ありかよ。何じゃ、これは？」

猫としか言えない生物を、そう思わせないのは、二つに裂けた尾と、紅玉《ルビー》のように赤く燃える眼であった。これは〈新宿〉独特の生物のひとつ――〝猫《ねこ》又《また》〟であった。知能も高く、敏捷《びんしょう》、精悍《せいかん》、飼い主には従順と、ある種の人間にはいいことずくめのため、デンスケのように四歳の頃から口先三寸《さんずん》で詐欺《さぎ》まがいを繰《く》り返し、一六歳の今では立派な常習犯となった若者は、積極的に腕のいい手先として利用中なのであった。

獣《けもの》が首から掛けた袋に、今日の戦利品が入っている。

デンスケは床に横たわる獣からそれを外し、ひとつずつ取り出しては眺めた。

六個のうち五個はロクでもない代物《しろもの》だったが、最後のひとつが、彼の眼を光らせた。

直径三センチ、長さ一〇センチほどの透明な円筒の中に、赤く塗った金属の輪を一回ねじったとしか思えない物体が入っている。ガラスのケースには両端にプラグの差し込みが六個つき、外部機器と接続可能であった。小さなスイッチも付属している。

「――何だ、これ？」

デンスケに思わず口走らせたものは、赤いねじれの上を、かなりの速度で疾走《しっそう》する黒い球体であった。これも金属の光沢《こうたく》を持っていたが、見ているうちに、デンスケはあることに気がついた。

「こいつはメビウスの輪だぞ。そして、この球《たま》め、いつ止まるんだ？」

メビウスの輪とは、世界で唯《ただ》ひとつ、実に簡単に異次元を愉《たの》しめる工夫で、このケースの中身のごとく、紙でも金属でも帯状のものを半回転ねじってつなぎ合わせるだけでいい。その表面を指でなぞっていけば、最初は表面だったものが、いつの間にか裏側になっていることに気づく。

そして、いま新しいメビウスの輪の表面を走り廻《まわ》る球体は、何処からもエネルギーを得ているふうには見えないのに、停止など知らぬかのように思えるのであった。

ケースを逆《さか》さまにしても、力の程度を変えてふり廻しても、球体はコースを乱しながらも、輪からは落ちぬスピードで疾走を続けている。

「何だ、こいつは？」

デンスケは眉《まゆ》を寄せた。よく見ると、球体は本来が決まったコース——輪の道の真ん中——を通るはずが、彼が揺するたびにそこからずれて、何とか元に戻ろうと試みているようだ。

「ひょっとして、失敗作か。まあ、いいや」

他の戦利品と一緒にテーブルに並べた時、ドアが激しく叩《たた》かれた。

「デンスケくん、いるの？」

同じ〈市谷柳町《いちがややなぎちょう》〉〝キャンプ〟の住人——湯間《ゆま》めぐみの声だ。

——祖父《じい》さんかな、と思った。

はたして——

「お祖父ちゃんがおかしいの。看取《みと》るつもりのお祖母《ばあ》ちゃんまで、看病の疲れが出たのか、ひっくり返ってしまった」

「——すぐ行くよ」

デンスケは立ち上がった。必需品を入れたパウチを腰に巻いたとき、ふと、何のつもりか、テーブルの上の円筒《ケース》を摑《つか》んで、胸ポケットへ入れてしまった。

外へ出た。めぐみがいた。鼻のつんと尖《とが》ったなかなかの美貌《びぼう》だ。

デンスケと同じ〈魔震《デビル・クエイク》〉前から〈新宿〉で育った、サラリーマンの娘だが、ここ一年間は、〈魔震〉の被災者を収容する〝キャンプ〟のひとつで一緒に暮らしている。

「めぐ——」

と声をかけて、デンスケはまたかと思った。

めぐみの身体《からだ》の向こうに、家々の窓の光が見えた。星はこめかみの辺りにまたたいていた。

そこにいた娘が完全に消えてしまってから、デンスケは足早に、仮設住宅の間の道を走り出した。


強化プラスティックのドアを叩くと、めぐみが顔を出して、驚きの表情をこしらえた。

「いま行こうと思っていたのに——どうして？」

と言ってから、気がついたようだ。

「——あたしが、行った？」

「そうだ。浮遊霊のイタズラだろ」

気にもしないだろうと、デンスケは住宅の中へ入った。

他の〝キャンプ〟に比べて、ここは条件に恵まれているというが、デンスケもそう思う。この住宅ひとつ取っても、他のと比べて倍は頑丈《がんじょう》だし、一〇畳間ひとつ分広い。


めぐみの祖父——嘉次郎《かじろう》は、奥の八畳間に敷かれた布団《ふとん》の中にいた。じきにそこを出ることになるのは、髑髏《どくろ》の形を露《あらわ》にした顔と、糸のように細く長い呼吸だけでわかる。医者と看護師の他にめぐみの両親と仲のよい近所の連中が枕元に集まっていた。

呼吸装置のディスプレイを見ていた医師が、謹厳な表情で、

「ご臨終《りんじゅう》です」

と言った。ディスプレイの中の心拍線《ライン》は、直線になっていた。

ふと、好奇心が湧《わ》いた。

呼吸装置のコードは、老人の胸のペースメーカーから伸びている。装置のプラグを抜くと、パウチから取り出したあのケースのジャック・インに差し込んでスイッチを押した。

幾《いく》つかの抗議の声が上がったが、気にならなかった。

「何よ、これ？」

めぐみの声だけが耳に届いた。自分でも何をしているのか、何が起きるのか、不明のままであった。

突然、水平線《ライン》がジグザグに変わった。

「お、おとうさん⁉」

めぐみの両親が声を合わせた。

「眼を開けたぞ！　デンスケ——おまえ、何をやった⁉」

父親が叫んだ。

「知らんもんね」

とぼけはしたが、デンスケの頭の中で、確実にあるイメージが固まりつつあった。

——ひょっとしたら、こいつは……

あ〜あ、と長い欠伸《あくび》をした者があった。

思いきり両手を伸ばして、老人は両眼を見開いて一同をねめつけ、それからゆっくりと、しかし力強く上体を起こした。

歓声と拍手が巻き起こった。

「みんな——何をしてる？　ここはあれか、わしのご臨終の場か？」

「そんなことないよ」

めぐみが優しく言った。眼には涙が溜《た》まっていた。

デンスケは、この先どうしたものかと考えあぐねていた。半《なか》ば勢いでやらかしてしまったが、この次はどうしたものか。プラグを抜いて祖父さんが倒れたら、周りから袋にされるのはわかりきっている。かと言って、このままにしておくと、それこそキリがない。

「そうだ。三吉《さんきち》は何処にいる？」

老人が四方を見廻した。

隅《すみ》の方から手が上がった。

「ほお、いたか。おこぼれにあずかろうって根性は抜けてないな」

「お、叔父《おじ》さん——おれはそんな……」

「おまえに貸した金は一〇〇万を超える。一円も返さず、わしが死んだらチャラにするつもりだったろう。そんな奴《やつ》は――」

棺桶《かんおけ》へ片足どころか肩まで突っ込んでいたのは何処へやら、老人はパジャマの腕をめくって骨と皮ばかりの右腕を露出させるや、片手を上げた三吉とやらの方へ大股《おおまた》で歩み寄っていった。

いきなり拳《こぶし》をふり上げた。

「お祖父ちゃん⁉」

めぐみが叫んだ。

「誰か止めて！」

この老人と三吉の間には、余程《よほど》の抜き差しならぬ因縁《いんねん》があったと見えて、たちまち、激しくも鈍重《どんじゅう》な打撃音が屋内に響き渡るや、老人のものではない悲鳴が噴《ふ》き上がった。

「た、助けてくれ」

「やかましわい」

声と声に打撃音が重なり、赤いものが畳と壁にとんだ。

「やべ、効《き》きすぎだ」

デンスケは血の気《け》が引く思いだった。

絶叫は悲惨と激しさを増し、ついに骨の砕ける音が人々を逃亡させた。

ふっと悲鳴が熄《や》んだ。

老人の昂揚《こうよう》はまだ熄まなかった。

「宇垣《うがき》は何処にいる？」

と叫んだ。その顔も胸も朱《あけ》に染まっている。

「もういません」

めぐみの母がおろおろと伝えた。

「いない？」

老人は母親を睨《にら》みつけた。その眼つき、歪《ゆが》んだ唇は、正しい生者のものではなかった。眼は紅《あか》く燃えていた。

「危《や》べ⁉」

デンスケは、円筒にとびかかった。夢中でプラグを抜く。

老人が母親の方へ歩き出した。

その間に父親がとび込んだ。

「父さん――落ち着け！」

「うるさい！」

青い血管が蜘蛛《くも》の巣《す》みたいに浮き出す腕が、父親の両肩を摑むや、まるでハリボテの人形のごとく戸口へと放り投げた。派手な音を立てて父親は動かなくなった。

「待って！」

今度割って入ったのは、めぐみだった。

「お祖父ちゃん――元に戻って！」

魔人と化した老人を見上げる顔は、涙で濡《ぬ》れていた。

しゅう、とひと息吐いて、老人は力を抜いた。

2

ひょっとして――あえかな期待がデンスケの胸中に芽生《めば》えた。

「やい、茂子《しげこ》」

老人が獣のように、ぐるぐると喉《のど》を鳴らして、低く吠《ほ》えた。

「ひええ」

とすくみ上がる母親へ、

「わしはあんたに不満があった。何もかも胸に収めて冥土《めいど》へ行くつもりだったが、どうやら戻ってきたらしい。今夜は言わせてもらうぞ」

「はあ？」

母親の声は恐怖と驚きと――呆気《あっけ》に取られていた。めぐみは、ぽかんと口を開けている。

それから三〇分にわたり、祖父は蜿々《えんえん》と怨《うら》みごとを言い続けた。

時間がかかったのは、途中から母親が反撃を開始したからである。

「あんたの料理はいつもわしのだけ塩気が多すぎた。義男《よしお》のと食べ比べてみたからわかる。わしが高血圧なのを知っていて、早めにお陀仏《だぶつ》させようと企《たくら》んだのじゃろう」

これが契機《きっかけ》で、母親はまなじりを決した。

「そう仰《おっしゃ》いますけどね、お義父《とう》さん」

「むむ」

「夫の塩気が少ないのは、薄味が好みだからです。確かにお塩はお義父さんの半分も入れてません。食べ比べれば、濃いなと思うのは当たり前です。めぐみのも私のも、お義父さんと同じでした。私たちのも比べてみればよかったんですわ。面倒臭がらないで」

「面倒とは何だ？　大体あんたはいつも、わしの言動を重箱《じゅうばこ》の隅をつつくみたいにほじくり返して、イヤみを言ってきた。そのたびにわしはか弱い心臓に痛みを感じてきたのだ。結局、心臓麻痺《まひ》で亡くなったが、あんたの思う壺《つぼ》じゃったろうが」

「何てこと仰るの。失礼ですけど、私はお義父さんの心臓が悪いなんて思ったことは一度もありません。いつもいつも、この人、心臓に毛が生《は》えてるんじゃないかと思ってました。倒れたのは、その毛が心臓を刺したからじゃないんですか？」

「も、もう一遍《いっぺん》言ってみろ」

「ええ。何回だって言わせていただきます。大体、お義父さんは――」

死から甦《よみがえ》った祖父が、人ひとりをぶち殺したのは、この街だから、まあいいとして、蜿々と家庭の不満をやらかしはじめたものだから、残った者は呆気に取られた。それも、赤裸々《せきらら》な憎悪の交換ならともかく、出すお茶がいつも湯呑《ゆの》みの縁《ふち》まであって舌を火傷《やけど》しただの、ステーキは自分のが必ず小さいのに義男のは大きい、たくわんは逆だの。

それに対して嫁の言い分は、

「お茶の件はお義父さんがすぐに呑んでしまって、三杯四杯とお代わりするからですっ。火傷の件はお義父さんが熱いのを淹《い》れろとのご所望《しょもう》ですから仕方ありませんっ。お義父さんの年齢を考えて、ステーキからは脂身《あぶらみ》を取りました。小さく見えるのはそのせいです。たくわんの厚さは、普通では歯ごたえがないと、お義父さんが仰ったからです。何も悪意はありませんっ！」

「そ、その言い方が悪意じゃ。わしが大人しいと思って」

「それはお陀仏する直前の話です。病気で倒れる前は、いつも今みたいでしたっ！」

「うぬーっ。義男、おまえはどう思う？」

気絶から醒《さ》めたばかりの息子は、半分虚《うつ》ろな顔つきで、

「いえ、僕は別に——あの、茂子もキツかったけど——お父さんも、その——」

おどおど答える息子に、老人は、いつの間にか酔っ払いみたいな桃色の頰《ほお》を、さらに紅く染めて、

「おまえは、嫁の言いなりじゃ。ふん、この女を連れてきたときから、こうなるのはわかっておった。あっという間に、でかい尻《ケツ》に敷かれおって。この腑《ふ》抜《ぬ》け息子め。いざとなったら何の役にも立たん。〈上落合《かみおちあい》〉の自宅も手放す羽目《はめ》になりよって、以前は『湯間製薬』の創業者だったわしが、こんなバラックで死なねばならん」

息子——義男は素早く周囲の様子を窺《うかが》って、

「仮設住宅ですよ、お父さん。それに生き返りました」

「えーい、うるさい。おまえでは相手にならん。わしの唯一の理解者はめぐみじゃ。おお、可愛《かわい》い孫よ、正しいのはどっちだと思う？」

いきなりフラれて、少女は慌《あわ》てた。

「あのあのあの——お母さん」

「おまえもかあ〜」

パニックが面白《おもしろ》そうに老人を捉《とら》えた。

「何を見とるか、この助平《すけべ》ども！　そんなに見たけりゃ見せてやる」

いきなり、ズボンを下ろして、しなびた陰茎《いんけい》を突き出したものだから、別のパニックが巻き起こり、近所の連中は我先にと逃げ出した。

「ほうれ、見ろ見ろ。こら八下田《やげた》の女房、おまえな

んか見たい口じゃろ。遠慮せんで、よおく見ろ。お触りオッケーじゃぞ」

ヒッヒッヒーと奇怪な笑い声を立てながら、一同を追って夜の闇《やみ》へとび出していってしまった。

「元気ねえ」

呆然《ぼうぜん》と見送るめぐみへ、

「何を感心してる。まさか、生き返るとは。正直、清々《せいせい》してたのに」

「何てこと言うの、お父さん。そりゃ、我がままで少し下品だったけど、男らしい素敵なお祖父ちゃんだったわよ」

と言い返すと、

「そう言やそうね」

母親――茂子が味方したから面白い。

「いつも喧嘩《けんか》してたけど、倒れてから何だか寂《さび》しかったもの。お祖母ちゃんもきっと喜ぶわ」

祖母の安子《やすこ》は看病疲れと心労から別の部屋で眠っている。


「でも、心配だわ。私、捜《さが》してくる」

「おれも」

と出ていこうとするデンスケの後ろ襟《えり》を摑んで、

「まだだ」

と義男が引き戻した。

めぐみが出ていくのを待ってから、

「それは何だ？」

デンスケが手にした円筒を指さした。

「発明だよ」

苦しまぎれが正解だとは、デンスケにもわかっていない。

「誰の発明だ？」

「おれ」

「嘘《うそ》をつけ。この不良《アウトロー》め。いいか、盗んできた品だというのはわかってるんだ。君の家の裏の倉庫に隠してあることも。暴力団に売り払って日銭《ひぜに》を稼《かせ》いでいることもだ。これまで見逃してきたのは、めぐみが庇《かば》うのと、何も迷惑をかけられなかったからだ。だが、今回は死人が生き返った。しかも、前より一〇〇倍も元気だ。つまり、始末が悪い」

外で、きゃあきゃあいう女の悲鳴と、ゲラゲラ笑う老人の声がした。

「誰が見ても原因はその円筒《ケース》にある。見せたまえ」

「幾ら出す？」

「何だ、それは？」

「人のもの見たがるなら、何でも銭《ぜに》払うのが当たり前だろ」

デンスケは思いきり後方へとんだ。

「死んだ人間が生き返ったんだ。こんなにいいことあるかい。感謝してほしいくらいだぜ。じゃ、またね――」

さっさと身を翻《ひるがえ》して、戸口から消えてしまった。

「糞餓鬼《くそがき》め」

と罵《ののし》ってから、義男は眼をいやらしく細めて、考え込んだ。


「死人が生き返る――ドクター・メフィストだって、未《いま》だしの奇蹟《きせき》だぞ。あいつめ、それをどうやって？」

針ほどの隙間《すきま》から覗《のぞ》く瞳に、危険な野心が漲《みなぎ》りはじめた。


〈魔震〉の被害者を救済する――〃キャンプ〃の設立意図はこれである。だが、年月が経過するにつれて、被害者たちは巣立っていき、本来の趣旨から外れる単なる社会的弱者が取って替わる事態に陥《おちい》った。

幸い、〈区役所〉は気にしなかった。片や超自然現象の、片や貧困という現実の被災者である。同じだ、というのが、〈区長〉以下の見解であった。

かくて、〈区内〉の数ヵ所に、仮設住宅を備えた〃キャンプ〃が誕生し、一〃キャンプ〃二〇〇名が暮らすことになった。

経済的困窮《こんきゅう》という入居条件を満たせば早い者勝

ちだから、証明書を偽造し――そんな根性の下《もと》、入居後も違法行為を繰り返す奴が出る。不思議と退去を命じられる連中が少ないのは、〈新宿〉だからなのと、他の〝キャンプ〟を合わせれば、入居を必要とする人々が何とかなるからだ。

かくてデンスケは、〝キャンプ〟の外を舞台にセコい犯罪を繰り返し、そこに湯間嘉次郎という名の露出狂の老人が加わったのである。

翌日――聞き取り調査にやって来た〈区〉の女子職員に、ほーれとやらかすに及び、老人の名は一《いち》躍《やく》、〈魔界都市〉に広まった。

頭を抱えたのは、義男と茂子とめぐみである。眠り続ける安子は、近所の病院に収容された。

「あんなに見せたがりとは思わなかった」

「ホントに」

溜息《ためいき》をつく両親の前で、めぐみだけが冷静に、

「あれは異常よ。異常ならメフィスト先生だわ」

と言った。義男はうなずいた。

「家の恥になるし、二度目の生命《いのち》だ。そう長くは保《も》たんと思っていたが、こうなると、ドクターのほうから話を聞きつけて来るかもしれんぞ」

「通りすがりの人にも、ほーれほーれとふって見せてますからねえ」

茂子が腕を組んだ。

「やっぱり、病院かなあ」

義男が何度目かの溜息をついたとき、めぐみが立ち上がり、窓のところへ行って、

「誰か来たわよ」

と声をかけた。

〝キャンプ〟の西の方からやって来たのは、身体に合わない背広を着た、初老の男であった。げっそり痩《や》せた顔には、インテリ臭い眼鏡《めがね》が合いそうだが、女のようにつぶらな瞳は裸眼であった。

男は近くにいた住人に何か訊《き》き、まっすぐ湯間家の方へやって来た。

「何かしら？」

とめぐみが不安そうにつぶやき、

「わからんなあ」

義男の返事には、しかし、何処かとぼけているふうがあった。

「準備しなくちゃね」

茂子はソファから立ち上がると、その後ろに片手を入れて、電子照準装置付きのＡＫ47を引っぱり出した。

〝キャンプ〟だからと言って、犯罪者たちは容赦《ようしゃ》してくれない。

三〇連のバナナ型弾倉《だんそう》には実包《じっぽう》が装塡《そうてん》済みだ。恐ろしいことに、安全装置もオフにして棹桿《ボルト》も引いてある。引金《ひきがね》を引けば、ドンだ。

チャイムが鳴った。

めぐみが出た。

背広の男は高田《たかだ》と名乗った。品のある丁寧《ていねい》な口調であった。

「ご用件は？」

「こちらのお宅のお祖父さんが、一度みまかってから復活され、前以上に元気だと伺《うかが》いました。私は市井《しせい》の科学愛好家でして、一度お目にかかりたいものだと」

義男が出てきて、

「父なら出ております。昼間から近所の呑み屋でしょう。ご用があるならそちらへ」

「左様《さよう》ですか」

高田は眼をしばたたいた。

「それでは、もうひとつお伺いしたい。この〝キャンプ〟で最近、おかしな品——というか珍しい製品をご覧にならなかったでしょうか？」

「——いえ」

めぐみは、できるだけ落ち着いて見えるよう努力した。

高田は無表情に、そうですか、と言った。

「その呑み屋というのは——」

「えーと、何だったっけ」

教えずに済む方法はないものか、と頭を巡《めぐ》らせたとき、またチャイムが鳴った。

3

「ごめんなさい」

高田に告げて、出た。

赤い作業服を着た男がいた。後ろに同じ格好の若いのが二人と、病人運搬用のストレッチャーが控えている。

「〈区役所〉の〝市民環境保護課〟の者です。実は、この〝キャンプ〟で死体が――」

後は高田と同じだった。

「近所の呑み屋に――」

「どちらですか？」

「あの――」

めぐみは高田の方を見た。制服姿がそれを追った。高田を映《うつ》す瞳が大きく見開かれた。

「〈メフィスト病院〉から通報があった――あんた」

声は突きとばされた。

ひっくり返った制服姿の脇を、高田は〝キャンプ〟の出入口へと走り出した。

「捕まえろ！」

地面から上がる声へ、二人の部下が後を追った。

訳もわからず、めぐみは外へ出て、起き上がろうとする制服姿に手を貸した。

そこへ、

「湯間さんのお宅はこちらかな？」

天の声がかかったのである。

は？　と訊いたつもりが、声にはならなかった。

白いケープ姿は美しい霞《かすみ》に包まれているかのように見えた。

「ド、ドクター・メフィスト」

かたわらで、イテテという声が上がった。制服姿の手を放してしまったのだ。

「湯間さんは――」

訊き直したとき、地面の制服姿が、

「ドクター、財宝があっちへ」

と出入口の方を指さした。

ケープが風を巻いてふり返った。

「失礼する」

疾走する姿は美しい白い風であった。

「――一体、何事よ?」

めぐみがつぶやいたのは、数秒を経《へ》てからだ。

気弱そうな背広姿、〈区役所〉の制服姿三人、とどめはドクター・メフィストときた。しかも、全員祖父が目当てらしい――こうなると、わかるようなわからないような。

頭がおかしくなりそうなところへ、何と、

「ちょっと――めぐみさん、いる!?」

と髪ふり乱してとび込んできたのは、問題の呑み屋「ゴータマ」のママであった。

「どうしたの!?」

「今、お祖父さんが殴《なぐ》り込みを」

「え?」

としか出なかった。生前なら、やったかと納得したろうが、今はよくわからない。

ママは店の方を指さして事情を説明した。「ゴータマ」は営業不振が続き、四年前知り合いから五〇〇万ばかりの営業資金を借りた。いつでもいいという口約束だったのだが、それではケジメがつかなくなるからとママが言い出して、二年で返済ということにし、それで駄目《だめ》なら話し合いで解決する旨《むね》、メモ程度の走り書き＝覚え書きを手渡した。

催促《さいそく》もなしにその友人が亡くなったのは四カ月ほど前のことだ。五〇〇万は二割――一〇〇万しか返していなかった。正直、これでいいのかなとも思うのに、四カ月は充分な時間だった。

一週間ほど前、いきなり「狂連会《きょうれんかい》」の連中がやって来て、走り書き＝覚え書きを示し、返済期限は二年前だ、一週間以内に返せと要求した。いつの間にやくざの手に渡ったのか、ママにはわからなかったが、走り書き＝覚え書きが真物《ほんもの》なのは確かだった。

話し合って決めるという文言《もんごん》を楯《たて》に抗議したが、だから一週間待ってやるんだよ、と凄《すご》まれた。汚《きたね》え呑み屋だが、未成年のチラ見せバーにでもすりゃ一〇〇倍は儲《もう》かるぜ、と男たちは笑った。

ママはそれでも抗議した。警察に訴えてやると叫ぶと、男のひとりが仕様がねえなと右眼の眼帯を取った。眼球は真紅《しんく》のガラス製に見えた。

同じ色の光がママの足下《あしもと》の床を貫《つらぬ》いた。粒子ビームだった。すぐに照射をやめて、

「深さは一〇〇キロある」

と義眼の男は言った。

「どんな鉄の塊《かたまり》だって、おれの眼光の前には薄っぺらな紙と同じだ。一〇〇キロの穴を掘って埋めてやったっていいんだぜ」

笑い声を聞きながら、ママは失神した。

今日、やって来た嘉次郎に苦衷《くちゅう》を訴えたのは、胸中に収めておくのが耐え難《がた》くなったからだが、死から甦ったという途方もない経験をした老人ならば、この現実を、ひととき過ごした世界の力で何とかしてくれるのではないかと、ふと思ったからだ。正直当てにしてはいなかった。聞いてもらうだけでもよかった。

しかるに、嘉次郎爺《じい》さんは吠えた。

「とんでもねえ破落戸《ごろつき》どもだ。あの組は前からあったが、〝キャンプ〟へもあれこれちょっかい出してきたのを、おれと仲間でぶちのめし、事務所にダイナマイトをぶち込んで大人しくさせたんだ。このおれが死んだと聞いた途端、破落戸どもが舞い上がりやがって。浮き浮き歩きは百年——いいや、永久に早すぎるって教えてやらあ」

怒り心頭で、とび出していったという。

「警察へ電話して」

ママにこう言って、めぐみは外へ走り出た。つくづくおかしな連中が押しかけてくる日だと思った。

〈喜久井町《きくいちょう》〉の事務所でエロ話に興じていた会員というか組員は、突然、ドアを蹴《け》りとばして侵入してきた白髪の爺さんに眼を剝《む》いた。

「何だ、てめえは⁉」

当然のひと声に、

「正義の味方じゃ。おい、会長はおるか？　出せ」

「なに吐《ぬ》かしやがる？　てめえ何者《なにもん》だ？」

「三下《さんした》に名乗るほど安っぽい名前なんざ持っとらん。邪魔だ、どけ」

懐手《ふところで》の右手をふるや、組員たちの額《ひたい》は次々にごん、と鳴って、のけぞった。拾ってきた小石である。

そこへ、騒ぎを聞きつけて、奥からまた何人かがとび出してきた。

戦闘開始——のはずが、爺さんを見て、何だこりゃ？　と立ちすくむ。白髪の老人は灰色の着流しであった。これで長ドスの一本も持てば、こっちのほうが本職だ。ひと昔の旧タイプだが。

「なな何だ、てめえは？」

「殴り込みか？」

「ああ、そうじゃ。たかだか四〇〇万の端金《はしたがね》を楯に、店も土地も頂《いただ》いちまおうなんざ、人倫《じんりん》にもとる。てめえら畜生《ちくしょう》だ。組ごとぶっ潰《つぶ》してくれる」

「ふざけるな、この爺《じじい》。バラして〈歌舞伎町《かぶきちょう》〉の妖物《ようぶつ》の餌《えさ》にしてくれる」

しんがりの男が眼帯を外した。他の組員が血相変えて後退する。

男が薄く笑った。

真紅の光条が老人の顔面を貫いた。

背後の壁にも直径五センチほどの真円が開いた。

男が、ん？　と洩《も》らした。

老人は倒れなかった。ばかりか灼熱《しゃくねつ》の貫通孔《かんつうこう》はみるみる塞《ふさ》がってしまったではないか。

「この野郎」

荷電粒子の奔流《ほんりゅう》は二個目三個目の孔《あな》を老人の顔

と喉に開けた。

それが夢のように消えてから、男は、

「おれのビームは米軍の重戦車だって、まとめて一〇台貫通する。黒魔術がかかってるからな。それなのに、この爺はなぜ平気なんだ？　なぜすぐ元に戻るんだ？　こん畜生」

死ね死ねと喚《わめ》き散らしながら、男はビームを放ち続けた。レーザーは照射面に対してのみ高熱を生じるが、粒子ビームは周囲も加熱する。たちまち壁が火を噴いた。

照射が熄んだ。無駄を悟ったのだ。

「わしは神の使いだ」

と爺さんは高らかに宣言した。

「そんな愚民《ぐみん》の武器で斃《たお》せるとでも思ったか、腐れ外道《げどう》めが」

「舐《な》めるな、このイカレ爺」

「死に損《ぞこ》ない野郎」

残る男たちが拳銃と匕首《あいくち》を抜いた。四四口径のマグナム・ガンと特殊鋼の刃《やいば》である。無駄だとわかりそうなものだが、武器が替われば効果も、と短絡するのが、いかにもヤー公らしい。

粒子砲に続いて匕首が突進した。

その背後でマグナムが躍《おど》った。

〈区外〉の同じ拳銃なら、せいぜい熊をダウンさせるくらいだが、〈新宿〉仕様は突進してくるダンプカーもストップさせる。着弾の衝撃が二〇トンを超すからだ。

爺さんはよろめいた。あまりのパワーに、人体ごときはあっさり貫通してしまうのである。大砲の弾《たま》が命中しても、人間は吹きとばされず、射《う》ち抜かれるだけなのと同じだ。

決めは匕首男であった。

爺さんの胸元《むなもと》へ突っ込んだ。

鋼《はがね》は背中まで抜けた。

仕留めた、と思った男の耳に、

「何しよるんじゃ」

と聞こえた刹那《せつな》、横合いからトラックがぶつかって来たような衝撃に、身体は軽々と宙をとんで窓ガラスに激突した。

匕首男が窓の外に消えてから、爺さんは二、三度首を曲げて、廊下を歩き出した。

止める者はいなかった。

奥のドアを開けようとしたが、鍵《かぎ》が掛かっているらしく、ノブを摑んで引いた。ドアは丸ごと外れた。

五分と経《た》たないうちに、爺さんは、例の覚え書きと、二度と手を出しませんという会長の念書を手に戻ってきた。

「おや?」

廊下と事務所には、防弾服をまとった〈機動警官《コマンド・ポリス》〉が詰まっていた。やくざどもが通報したのである。

麻痺銃《パラライザー》の銃口がこちらを向いているのを見て、爺さんはフンと鼻を鳴らした。

「神の使いたるわしを逮捕しようなどと吐かすなら、司直の手の者といえども、破落戸どもと同類とみなす。さあ、かかって来い」

よいしょ、と四股《しこ》を踏んだのは、着流しの爺さんにふさわしいが、コンクリートの建物全体が揺れたのには、警官たちも顔を見合わせた。

「何か憑《つ》いてるぞ」

「エネルギー体だな」

「火が廻る——逮捕しろ」

何とも不気味な老人パワーに押されている間に、当人は横の壁を、拳の一撃でぶち抜き、さっさと通りへ出てしまった。

「狂連会」の事務所は商店街の真ん中にあった。そこを〈機動警察〉のいわゆる〝フルコース〟——〈機動警官〉と〈装甲車〉と〈駆逐《くちく》戦車〉、そして〈救命車〉が勢揃《せいぞろ》いしたのだから、驚いた住人は逃げもせず、両眼に好奇と関心と興奮を燃やして遠巻きに囲んだ。そこへ、壁をぶち抜いて、着流しの爺さんが威勢よく現われ、ガッツポーズまでやってのけたものだから、通りは拍手と歓声に包まれた。

「〈喜久井町商店街〉の皆さん、わしは湯間嘉次郎という者じゃ。この商店街に巣食うやくざに家も土地も奪われかかった婦女子のために、ひと肌脱ごうとやって来た。目的は見事果たしたが、何と庶民の味方たるべき官憲が、この英雄を逮捕しようと出動してきよった。そりゃあ、やくざを数人痛い目に遭《あ》わせたが、それが何じゃ。世の中きれいごとでは済まんのだぞ。汚れきった〈魔界都市〉で清廉《せいれん》なる神事をなさんとすれば、多少のトラブルは付きものじゃ。皆さんはどうお考えであるか？」

うおおと無責任な歓声、雷のような拍手が通りを揺るがした。

「何で、あの爺さんが神の使いなんだ？」

「おれたちは悪魔の手先かよ」

「行く先は地獄の釜《かま》ん中さ」

〈機動警官〉たちの、こんなささやきを住民も嘉次郎氏も知るはずはなく、あたたかいエールに後押しされて、

「さあ、来い」

と彼は薄い胸を叩いた。

「来いってよ、おい」

「誰も爺さんと射ち合いしに来てねえって」

「自分にうっとりしてるぜ。年齢《とし》考えろ、爺」

呆《あき》れ返った隊員たちを尻目に、嘉次郎のボルテージは、ファンを前にした女優のように上がりっぱなし。ついに、

「来ないのか。では、こっちから行くぞ」

片手をふり上げ、ウィーっと叫ぶや、麻痺銃の銃口の前へ走り出そうとした。

簡単に止められそうで、目下絶対に不可能なその細い足を、このとき、ぴたりと停止させたものがある。

第二章　三つ巴《どもえ》の永久

1

この商店街はアーケードになっており、通りの上に天井が長々とついている。雨天でも心配せずに買物ができるようにとの配慮であり、天井は左右二〇本の支柱によって支えられているのだが、嘉次郎が突撃せんとする〈機動警察《コマンド・ポリス》〉部隊の後方——右側の支柱の陰に、白い影のようなものが見えたのである。

それは、人間の枠《わく》を外れた狂躁《きょうそう》状態に陥《おちい》っていた老人を正気に戻した——いや、狂躁を超えた静かなる狂躁——恍惚《こうこつ》に陥《おとしい》れた。

イカれた老人の変化に、人々もそちらへ眼をやる。

白い影は別の支柱の陰にいる。眼を凝《こ》らす間に、また別の柱へ。みながそれぞれ焦点を絞《しぼ》っても、おぼろな影を見るばかりだ。

そして、みな嘉次郎と等しくなる。

恍惚と。

嘉次郎は突然、気がつく。自分の前にいることを。

「あんた……ドクター・メフィスト……かね?」

「左様《さよう》。伺《うかが》いたいことがあって参上いたしました」

「嫌《いや》だ」

老人は激しく首をふった。さすがに、これは意味不明だったらしく、メフィストも黙っている。

「わしは病人じゃないぞ。生き返っただけだ。入院なんてお断わりだ」

「ご心配なく」

メフィストは静かに言った。

「健常な方に医師としての用はありません。どうしてそうなったか、教えていただきたい」

「知らんがな、そんなもん」

老人はおろおろと周囲を見廻《みまわ》した。その美貌《びぼう》を見ただけで、一種の催眠状態に陥ってしまう——こんな〝症状〟を発症させ得る人間が、〈新宿〉に——つまり世界に——二人いる。片方が白い医師だ。嘉次郎が眼をそらし得たのは、奇蹟《きせき》に近い行為であった。死から甦《よみがえ》った者は精神も異《こと》なるのか。

「失礼だが、簡単な検査をすればわかります。よろしければ、ご同行願いたい」

「あー、やっぱり」

嘉次郎は今度は——罰《ばち》当たりにも——白い医師の顔を指さして叫んだ。

「うまいこと言いよって。やはり入院させて切り刻《きざ》むつもりだな。許さんぞ、ドクター。わしにそんなことをする輩《やから》は——」

彼は拳《こぶし》をふりかぶって、奇蹟も奇蹟、無茶も無茶、白い医師に殴《なぐ》りかかろうとした。そのとき、

「おーい」

という声が聞こえたのである。平凡な遠くからの声だったので、血気の老人の耳になど届くはずがない。それなのに、拳は空中で止まり、彼はふり返った。

失礼、ごめんなさいと人垣を割って、背広姿の初老の男が現われた。およそ似合わない——大きすぎる背広だった。

「よお、ドクター。といっても、会うのは初めてだが」

片手を上げた顔に見覚えがあった。

「これはこれは。見失ったと思ったが、わざわざそちらから出てきてくれるとは。発明品は何処《どこ》にあるね、財宝《たから》くん？」

脱出患者は、にんまりと唇を歪《ゆが》めた。

もはや警官も住人も区別がなくなった取り巻きたちが、一斉《いっせい》に身じろぎしたほど、不気味な笑《え》みであった。

「ちゃんと保管してあるとも。他に二つこしらえた」

「それは何処だ？」

「ひとつは——盗まれた。このご老人が生き返った

のは、その影響さ。私もそれを捜《さが》しに来た。もうひとつは――これさ」

右手をポケットに突っ込んで、出した。

デンスケが盗んだものより、ずーっと粗《あら》っぽい見てくれの品が握られていた。

「その顔じゃあ私を病院へ連れ戻したいんだな。だけど、まだ早い。私の仕事は終わっていない」

「ここで終わりとしよう」

メフィストが言った。

すると、それは美しい風に乗って商店街と人々の間を巡った。風は冷たかった。人々は骨の髄《ずい》から凍りついた。

「勝てるか、ドクター・メフィスト、永久を創《つく》り出したこの私に？」

この瞬間、戦いは始まった。

証拠は、一斉に後退した人々の姿だ。彼らは指一本動かせなかった。メフィストを見てしまった以上、仕方がない。それがたちまち解《と》けた。その寸前、メフィストの瞳が彼らを映《うつ》したと、気がついた者はいない。

幅一五メートルを誇る通りは、生と死が咬《か》み合う戦場と化した。

メフィストの胸元《むなもと》から銀色の光が糸のように伸びて、財宝に巻きついた。銀蛇《ぎんじゃ》のごとき動きを見せたのは、細い針金であった。

中断はなかった。

メフィストは左手をふった。

三〇センチほどの針金は、空中で回転し、三六〇度を成し遂《と》げる間に三角翼《さんかくよく》の飛行体と化すや、財宝の両腿《もも》に突き刺さった。

「うおおおお！」

人間も獣も苦痛の叫びは何処か似ているが、今回の財宝のそれは常軌《じょうき》を逸《いっ》していた。両膝《ひざ》を路上についた。

「私は――私は患者だぞお。あんたには医者のモラルがないのか？　これは医者の倫理をないがしろに

する暴挙だ」

喚《わめ》き散らす声は、不思議と整然としていた。

「私の邪魔をするか、このヤブ医者めが」

変化は内側から生じた。全身が光りはじめたのである。

針金が溶けた。飛行体も溶けた。その前に、彼は立ち上がっていた。ああ、ドクター・メフィストの技が敗れたのだ。

「私が成し遂《と》げたものを、理解しておらんようだな、ドクター。まず、戦いという低次元で、どのような効果を発揮するか、とくとご覧あれ」

光が通りを包んだ。

アーケードも店も人々も、すべてが形を失い呑《の》み込まれた。

それが急速にかがやきを失った。

平凡な商店街の路上で、ダブダブの背広を着た初老の男が、酔漢のようによろめいた。

彼は敵を見つめた。メフィストにあらず、通りの片端で自分を睨《にら》みつける着流しの老人を。

「じゃ——邪魔をするか？」

「当たりめえだ、この唐変木《とうへんぼく》め」

と湯間嘉次郎は吐き捨てた。

「病人のくせに、お医者さんに何しやがる。しかも逃げ出しやがっただと？　とんでもねえ野郎だ。ドクターの手をわずらわすまでもねえ。この湯間嘉次郎さんが、病院へ送り返してやるぜ」

「あんたにも用がある」

財宝は頭を何度かふってから、老人を指さした。

「あんたを生き返らせたのは、私の作った失敗作だ。それを返せ。でないと、あんたたちには想像もできない危険な事態が生じるぞ」

「残念ながら、わしゃそんなもの持っとらん。あれは——確か、デンスケが何処ぞやから、かっぱらってきたとか聞いた。今もあいつが持っとるじゃろ」

「ふむ、デンスケくんか」

財宝は納得した。

「それでは、とりあえず今日は引き下がるとしよう。さらばだ、ドクター。これで会わずに済むといいがな」

「そうはいかん」

言うなり、メフィストの右手が動いた。

財宝の喉元《のどもと》に突き刺さったのは細いメスであった。

彼はたちまち血を吐いた。

「さ……すが……は……ドクター・……メフィ……スト……他の攻撃とは……ひと味……違う……」

ひとことしゃべるたびに血涙《けつるい》をこぼしながら、財宝はメスに手をかけた。

抜けなかった。〈魔界医師〉のメスだ。

財宝の身体がふたたびかがやきを放ちはじめた。

その中から声が聞こえた。

ふたたびメフィストの秘術が無効となるのか。

いや、次の声は変わっていた。

「これは――邪魔するか、糞爺《くそじじい》め」


苦鳴《くめい》であった。それは渦《うず》を巻き、光もまた渦となった。

「いずれ出会うぞ、湯間嘉次郎」

凄《すさ》まじい怨嗟《えんさ》の叫びが地を巡り、天を走るや、猛烈な揺れが人々の足底から頭頂まで、どん、と抜け、平穏な世界が戻った。

呆然《ぼうぜん》と周囲を見廻しながらも、ようやく穏《おだ》やかな日常に復帰できると安堵《あんど》の表情を隠せぬ人々の中で、ひとりだけよろめいた者がある。

嘉次郎老人であった。

倒れかかる朽木《くちき》のような身体《からだ》を白い医師が支えた。彼だけは老人のパワーが財宝を退散させたと知っていたかもしれない。

「〈救命車〉を」

メフィストの指示に、一も二もなくうなずいた〈機動警官〉へ、老人は、

「放せ、ドクター。軽いめまいじゃ。わしは病院にも警察にも行かんぞ！」

と喚き出した。

「この元気なら、失礼ですが、ドクター、病院は必要ないかと」

隊長が、苦笑しながら申し入れた。

「まず、我々のほうで殴り込み事件の尋問《じんもん》をさせていただきたいのですが？」

「えーい、うるさい」

まだメフィストに支えられながら、爺《じい》さんは喚いた。

「わしゃ絶対に警察になど行かんぞ。放せ。放さんか、ドクター」

これはメフィストに任せるしかないと、一同覚悟したとき、

「お祖父《じい》ちゃん!?」

老無頼漢《ぶらいかん》が、ぎくっとすくんだのは、この可憐《かれん》なひと声であった。駆けつけためぐみである。

「何てことすんの——こんな無茶苦茶《むちゃくちゃ》な。お家《うち》が火を噴《ふ》いてるわ」

「やくざの事務所じゃ」

「——それだって駄目よ！　みんなこの街の住人なんだから、ここで生きる権利があるのよ！」

「他人の権利を奪おうとしたから、ひと肌脱いだだけじゃ」

老人は少しオロオロと言った。この孫娘には徹底的に弱いらしい。

「めぐみちゃん、やめて」

隣《となり》にいた「ゴータマ」のママが、慌《あわ》てて止めた。

「お祖父ちゃんは、あたしを助けようとしてくれたのよ」

「そーとも。これを持っていけ」

嘉次郎の手から書類を受け取って、ママは眼をかがやかせた。

「見たか、めぐみ。これこそ人助けじゃ」

ちょっと考え、めぐみはうなずいた。

「それもそうね。相手は暴力団だし」

「そうじゃ」

そこへ、

「とにかく、同行したまえ」

　隊長に言われて、めぐみの手前か、嘉次郎爺さんは、渋々《しぶしぶ》とうなずいた。

「ドクターはどうなさいます？」

「伺おう」

　そして、何となく緊張感を欠いた官憲が去ると、同じく気《け》だるげにとろけた商店街の人々が残った。ドクター・メフィストの戦いの後は、いつもこうなのであった。

「ふざけるんじゃねえぞ」

　こう言われて、

「ふざけてなんかねえよ」

　とデンスケは言い返した。いつもなら気後《きおく》れしてしまうのだが、今日は気にもならなかった。理由はわからない。

「とにかく、凄《すげ》え機械なんだから。大杉《おおすぎ》さんに紹介してくださいよ」

「おめえみたいないい加減な野郎の言うことなんか信用できるかい。てめえ、気楽に大杉さんなんて呼ぶけどな、あれでも、『新宿裏発明協会』の総帥《そうすい》さまなんだぞ」

「わかってますよ、『裏発明協会』がどんなに凄《すご》い団体か。でも、こいつには絶対に敵《かな》いません。何たって死人を生き返らせるんですよ」

「死人の復活？　ドクター・メフィストだって、それだけは成功してねえんだぞ」

「だから、こいつが成功させたんスよ」

　デンスケは、手にしたメカをふり廻した。

「もう大杉さんとは言いません。協会のメンバーなら誰でもいいです。紹介してください」

「駄目だ。おまえが仕事の話を持ってくると必ずトラブル化する。人なんか紹介できるかい」

「冷てえなあ」

「おめえの実績だ」

「諦《あきら》めなよ、デンスケ」

ちょうど、奥から出てきた女が、鬱陶《うっとう》しそうに言った。

その言葉より、紫のビキニ・ブラからはみ出した乳房と、Tバックが食い込んだ尻《しり》に、デンスケの眼と意識は食いついた。

2

女は鼻先で笑うと、わざと右のブラを下へずらして、乳首まで見せた。デンスケの眼は血走っていた。

「とっとと帰れ」

男は安物のソファから上体を起こし、咥《くわ》えていたハイライトを灰皿に押しつけて消した。ここは〈歌舞伎町〉にある彼のマンションであった。代わりに女がかけた。

「おーら、出てけ。おれはこれから用があるんだ」

「頼んますよ」

「うるせえ」

男の拒否は決定的であった。いつものデンスケなら、渋々立ち上がって出ていく。尻尾《しっぽ》を巻くわけだ。

今日は食い下がった。

立ち上がる肩に手をかけて、引き戻した。少し力を入れただけなのに、男はあっさりソファへ戻り、ぎょっとしたようにデンスケを見つめた。馬鹿力に驚いたのである。

「おまえ、何かやってるのか?」

「え?」

「鍛《きた》えてるようにも見えねえのにな」

薄気味悪い——というより、呆《あき》れたような眼つきである。

「ちょっと」

ブラジャーとパンティだけの女が声をかけた。声がくぐもっている。

「今日は、どっか違うわね。なんか、さっきからあたし、感じてるんだけど」

「え?」

男とデンスケが同時に眉《まゆ》をひそめた。いきなり感じてるのも珍しい。

「あんた——デンスケ、何か憑《つ》いてない?」

「いや、別に」

「なんかね、あたしの眼から見ると、もの凄くエネルギーが溜《た》まってる感じよ」

組んでいた足を開いた。

小さな布が秘部をかろうじて隠している。デンスケの眼は圧倒的な肉の谷に、一も二もなく吸いついた。

「おい、トモミ、何すんだ?」

男がクレームをつけたが、どこか虚《うつ》ろだった。

「——何も。見てなさい。あんた好きでしょ、あたしが他の男とするの?」

「そりゃあ——しかし、デンスケなんかと」

「いつもの彼と違うわ。なんか、精気がムンムン。黙って見てなさいよ」

「お、おお」

「ね、来て」

両手も広がった。この女も特異な人間なのか、異様に濃い淫気がデンスケを捉《とら》えた。

それに魅《ひ》かれたか、自分の意思か、デンスケは意外としっかりした足取りで女に近づいた。

女が片足を戻して、デンスケを間に迎え入れ、また足を広げた。

「舐《な》めてよ。パンティの上から」

デンスケは従った。

「ああ〜っ」

女は激しく顔をふり、両足でデンスケの頭をはさんだ。

「ちょっと——待って。何よ、これ、凄いじゃないの——やめて」

デンスケは無視した。

「駄目え〜〜」

ふりほどいて逃れようとする両足に、デンスケの腕が蛇のように巻きついた。

彼は頭を少し動かした。

男は、その舌が布の間から直接、肉に触れるのを見た。

女が声もなく身をそらせた。快感が声を出せなくしているのだ。デンスケが立ち上がった。

驚いたことに、まだ痙攣《けいれん》している女を軽々と抱き上げると、ソファに横たえ、パンティを脱がした。

両足を肩に乗せて貫《つらぬ》いた。

それだけで女は全身を弛緩《しかん》させた。失神したのである。

それから起こったことは、デンスケへの認識を元にした男の判断を宇宙の彼方《かなた》へ吹きとばすものであった。

女を責めているのは凄まじいエネルギー体だった、と言うしかない。その動きととび散る汗、失神状態で洩《も》らす生々《なまなま》しい叫びに、男は仰天《ぎようてん》し、嫉妬《しつと》に狂い、しかし、燃えて――燃え尽きた。

デンスケが動きを止めたとき、女は臨終《りんじゆう》のようで、男は意識を失っていた。

「あらあ」

と能天気に驚いたのは、デンスケ自身であった。

「何じゃ、こりゃ。おれがやったのか」

あの間、彼は忘我の状態にあったのだ。

「危《や》べ。こりゃいかん。トモミ姐《ねえ》さんをやっちまったんじゃ、殺されちまうぞ」

身仕度《みじたく》を整え、抜き足差し足でドアまで近づいたとき、背後で、ガチャリと遊底《スライド》を引く音がした。

「何処行くんや、こらあ」

男であった。右手にはシグの最新モデルが光っている。

「か、関西人でしたか。いや、出来心です」

「何吐《ぬ》かしよる。トモミをあんな目に遭《あ》わして、ただで帰れると思っちゃいねえだろうな?」

「関東へ戻りましたね。よ、よかった」

「うるせえ！　くたばりやがれ」

まぎれもない殺気が、デンスケの眼を閉じさせた。

銃声が轟《とどろ》いた。

二度。

デンスケは鳩尾《みぞおち》を押さえた。内側に熱い塊《かたまり》が止まっている。しかし、もう一発は？

男が横倒しになっているのが見えた。

左のこめかみがザクロみたいに大きく弾《はじ》けて横の壁に脳漿《のうしょう》が貼りついていた。

「姐さん」

両手で硝煙漂《しょうえんただよ》うベレッタを構えているのは、トモミだった。

「冗談じゃないよ。こんな凄い男を殺させてたまるもんか、この粗《そ》チン野郎」

呪文《じゅもん》のように唱《とな》えると、またひっくり返ってしまった。どうやら、本来失神中だったものが、デンスケの危険を察して一時的に覚醒したらしい。

この瞬間、デンスケの脳にある企みが構成された。

彼は硝煙も血臭も無視して、ベレッタを手に倒れたトモミのそばへ行って、頬《ほ》っぺたをひっぱたいた。

眼を覚ますや、トモミはデンスケの首に腕を巻いた。

「ね、またして」

「その前に——トモミ姐さん、さっきの『裏発明協会』のこと知りませんか？」

「知ってるわよ、だからさあ」

熱い息を吐く唇から逃げながら、

「じゃ、紹介してくださいよ、大杉会長とか」

「いいわよ」

「本当ですか？」

デンスケは眼を剝《む》いた。

「あの人とは、こいつを通して二、三回寝てるし。

紹介なんかいくらでもしてあげる。だから——」

「でも、死体が」

「いいじゃないの。さっきまで、あたしとやりまくってた奴《やつ》が、あの世から死体の眼を通して、羨《うらや》ましそうに見てる——格好のオカズよ。ねえ、あんたといると、あたし何だかおかしくなるの。どうしてかしら?」

「さあ」

すげない返事にも昂《たかぶ》るのか、トモミは強引に二人で床に倒れた。

全身が熱く猛《たけ》るのをデンスケは感じた。いくらでもイケそうだ。原因はわかっていた。彼はあの小道具を手に取り、高々と頭上に掲げた。しばらくの間、彼のテーマは、「ウィリアム・テル序曲」であった。


同じ頃、〈メフィスト病院〉へ、ひとりの入院患者があった。

〈区役所〉へ陳情に出かけ、〈区長〉とやり合っている間に、心筋梗塞《しんきんこうそく》を発症したものである。

中々しぶとい患者で、

「院長を呼べ」

と騒ぐので、メフィストがやって来た。

「見たまえ、これを」

彼は収容時に携《たずさ》えてきたスーツケースの中身をサイド・テーブルに並べていた。

「我が『裏発明協会』最新の作品だ。〝完全安楽死装置〟。どんな妖物《ようぶつ》でもこのガスを吸えば一発で楽に死ねる。この街を汚す化物《ばけもの》どもを一掃するには、もってこいの武器だ。それを〈区長〉めは、不要と吐かしよった」

「人間にはどうかね?」

メフィストが訊《き》いた。月の放った問いのようであった。

「無論、効《き》く。その辺にうろついている、役にも立たぬホームレスどもなど——」

そこで口をつぐんだ。

「やはり、人間掃討用か」

メフィストは、半透明のボンベをつけた水鉄砲のような品を取り上げると、テーブルへ戻した。

「先に掃討されぬよう気をつけることだ」

「どういう意味だ？　おれの心臓は、それほどポンコツなのか？」

「超えている」

「え？」

「これから手術を行なうが、体力勝負になる」

「そんな莫迦《ばか》な。ここは〈メフィスト病院〉だろうが。どんな病だって治療できるはずだ」

「天命だな」

メフィストはにべもなく言った。宣言と言ってもいい響きが、会長を蒼白に変えた。

彼が何か言う前に、

「医師の仕事は天命との戦いと心得たまえ。だが、勝利はあり得ない」

「じゃあ、おれはどうなるんだ？　これでおしまいか？」

「新宿裏発明協会」会長・大杉蓮童《れんどう》は、寒風の荒野にいるがごとく全身を震わせた。

「最善は尽くす」

メフィストは身を翻《ひるがえ》した。ケープが白い夢のように流れた。

「待ってくれ、ドクター、何とか助けてくれ。おれには、この世界を清掃する任務があるのだ。この呪《のろ》われた街を地上から消しとばしてくれる」

「頑張りたまえ」

そして、メフィストは去った。


数分後、新しい見舞客が病室を訪れて、これもすぐに退出した。

大杉会長の手術は予定通りに行なわれ、メフィストの予言通り、彼は手術中に死亡した。

死体は死亡手続き終了後、病院の霊柩車《れいきゅうしゃ》で〈新宿三丁目〉にある協会本部へ送られた。

手術前に大杉から電話を受けていた協会では、早速、柩《ひつぎ》を地下室へ運び、供養台に安置して冥福を祈った。

若い訪問者がやって来たのは、柩の到着後三〇分を経過してからだった。

鉄扉《てっぴ》を閉めるや、彼は透《す》き通った円筒を取り出し、それを柩に向けた。

五秒――一〇秒――異様な気というかエネルギーが狭い空間に満ちた。

一五秒――二〇秒。

柩が震え出したではないか。それは外部のエネルギーによる震動ではなく、明らかに内部からの――内側の者の目覚めによる動きであった。

きっかり三〇秒。柩は四散した。とび散る木片を避けながら、訪問者は、まるで結果を知らなかったかのような興味津々《しんしん》たる瞳を破壊の現場に向けていたが、柩の中から現われた大杉が、じろりとこちらを向き、

「おまえは約束を守った。では、おれも守らざるを得んな」

と告げたとき、やったと叫んだ。

「では、約束通り、おたくの協会のバックにいる大物を紹介してください」

と男――デンスケは要求した。

「よかろう。それでどうするつもりだ?」

「こいつを買い取ってもらいます」

とデンスケは手にした品を見つめた。その顔には恐怖が漲《みなぎ》っていた。

「何故《なぜ》だ? それさえあれば、おまえは世界一の大金持ちにでもなれるのだぞ。資産家どもの葬式に潜り込んで、おれにしたのと同じ奇蹟を見せれば、どんな大金だって手に入る。なぜそうしない?」

「おれには過ぎたお宝だからですよ」

とデンスケは、しみじみした口調で言った。

「これでも分《ぶん》はわきまえてます。こいつを使って、一生遊んで暮らせるだけの金が手に入れば、もう用はねえ。危険なだけの代物《しろもの》です。世界中の人間がこれを狙《ねら》ってくる。こなしきれっこねえ。分相応《ぶんそうおう》の金を手に入れたら、責任は他人様《ひとさま》——これがいちばんです」

3

大杉はじっと軽薄そのものの若者を見つめていたが、力強い口調で、

「なら、他人に渡す必要はない。おれのところで、いや、おれが個人で買い取ろう」

と言った。

デンスケは首をふった。

「悪いが、そりゃ駄目です。見ず知らずの金持ちなら、そいつがどう使おうと、おれはビジネスの結果だと自分を納得させられる。けどな、あんたはよくありません。『裏発明』てのがどんなもんか、おれはよく知ってるんですよ。〝暴走車ストッパー〟は、法定安全速度ぎりぎり——一キロ速くても地雷が爆発するから、普通の車も吹きとばされてしまう。〝妖霊《ようれい》探知器〟は、安全な霊に憑かれてる奴まで孤独にしてしまう。はっきり言うが、ロクでもねえ代物ばっかりだ。なに狙ってるんです？」

「——何だと思う？」

「おれにゃあ、無差別殺人としか思えねえ。そんなところへ売り込むつもりはありませんよ」

「それで、うちのバックを紹介してくれてのは、虫がよすぎやしないか？」

大杉が近づいてきた。

「そりゃまあ。でも、おれ、他にコネもないし。協会のバックって、かなり大物だって聞いてるし」

「うちで買い取ろう」

両肩に大杉が手を置いた。

「無理です——よ」

「幾《いく》らだね」

手が胸元に廻った。

「三〇億」

大杉が噴き出した。

睨みつけるデンスケへ、必死で笑いをこらえると、

「——失敬失敬。三〇億が、おまえのこれからの生涯賃金か」

大杉の吐息《といき》が首すじを這《は》った。

「生活費スよ」

「それひとつあれば、その万倍も鼻歌交じりで稼げる。三〇〇億で引《い》き取ろう」

「ほんとスか？」

「勿論《もちろん》だとも。何なら現金《キャッシュ》でもＯＫだ」

「そんなもの持って歩けませんよ」

「では今日中に振り込もう」

「悪いけど——やっぱ、やめときます」

「ほお」

「どうしても、あんた信用できねえ——また」

離れようとしたが、腰に腕が巻かれていた。

「ちょっと——何すんだよ？」

「トモミから聞いたよ。人を殺したんだってな」

「そんな——あれは、あいつが亭主を」

「死体遺棄の手伝いはしたそうじゃないか。警察でそう言いたまえ」

「あの女《あま》——」

デンスケは歯嚙《はが》みした。途端に、奥歯の一本が砕け、彼はそれを吐き出した。前から悪い歯であった。

「あれ——もう一本生《は》えてきたぞ」

頰《ほお》に手を当てようとして——邪魔なものをふり払った。

大杉は宙をとんで壁に激突した。頭蓋《ずがい》の割れる音が響《ひび》いた。

「ありゃ、簡単に」

デンスケは驚いた。それだけだ。罪の意識などか

けらもない。

彼は扉の方へ歩き出した。前でふり返った。大杉の死体に嘲笑《あざわら》ってやるつもりだった。

大杉が突進してくるところだった。

「うわ!?」

間一髪《かんいっぱつ》、横へ跳んだ。

大杉は扉に激突した。頭からだった。また骨折の音。

デンスケは眼を剝いた。

蝶番《ちょうつがい》は吹っとび、扉は廊下へ倒れ込んだ。壁には亀裂が走る。

「力持ちの死に損《ぞこ》ないばかりかよ」

デンスケは廊下へとび出した。

階段の昇り口まで辿《たど》り着いたとき、上から協会員が下りてきた。

五名いた。

「どうしたんだ!?」

「あっち」

デンスケは背後を向かず、指さした。

「会長!?」

「ご無事でしたか!?」

口々に叫んだ。

「何してる?」

デンスケが訊くと、

「扉を破ったのは、おまえか?」

とひとりが訊いた。

「とんでもない、会長ですよ」

「嘘《うそ》をつけ。まあいい。今こちらへ来られる」

「げっ!?」

デンスケは階段を駆け上がった。押さえつけようとした協会員は、軽く片手をふっただけで弾《はじ》きとばされた。

一階の扉の前まで来たとき、下方で、

「会長」

「よくご無事で」

喜びの声が交錯《こうさく》した。

「阿呆《あほう》」

デンスケが吐き捨てた瞬間、それは絶叫に変わった。

デンスケは扉を抜け、廊下を走って協会の建物からとび出した。通りへ出る前に、

――まずいぞ、こりゃ
と思った。何が起きたのか、想像はついた。

死から甦った大杉は、殺人鬼に変貌していたのだ。湯間の祖父さんも生前より荒っぽくなっていたが、まだまともだった。かえって人間味が増したといってもいい。なぜ大杉が？ 解答はデンスケにもわからない。本性《ほんしょう》かもしれなかった。

通りを歩き出したとき、足下の地面が揺れた。崩壊音が背を叩いた。

デンスケはふり返って眼を剝いた。

協会のビルが沈んでいく。地面に呑《の》み込まれていくのだ。みるみる高さを失っていく様《さま》は、アニメか特撮映画を見るようであった。


「地下で何があった？」

それ以上は考えたくなかった。

デンスケは一目散《いちもくさん》に現場から遠ざかりはじめた。タクシーを止めようとは思わなかった。細胞のひとつひとつにスタミナが満ちていた。

五〇メートルばかり離れたところで交差点を渡った。

「おっと」

後ろから肩の辺りに軽い衝撃が当たった。

「てめえ」

凄んで見せたが、小柄な相手は愛想《あいそ》のいい笑顔を向けてすぐ、人混みに呑まれた。二五、六のアタッシェ・ケースをぶら下げたサラリーマンふうの男であった。

デンスケは夕方まで〈新宿〉中をうろつき、〈荒《あら》木町《きちょう》〉のラーメン屋に入った。

でかいモニターは、ニュースの時間だった。

頼んだ七色味噌《みそ》ラーメンが届いたとき、スクリーンに知り合いの顔が大写しになった。

「げ。めぐみの祖父さん」

ニュースのタイトルは、

「老硬骨漢《こうこつかん》、やくざの事務所を壊滅させる」

であった。

銀縁眼鏡《ぎんぶちめがね》のアナウンサーが、昼間の事件を解説し、デンスケはいちいちうなずいた。

「しかし、やるねえ、祖父さん」

彼は隣のテーブルで、やはりモニターを見上げていた無精髭《ぶしょうひげ》のコート姿に笑いかけた。

「あれ、おれの知り合いなんだぜ」

と言った。

すでに食事を終えて、チビた煙草《たばこ》を咥《くわ》えていた男は、ほおと感心した。

「しかし、凄《すげ》えことやったな。みいんな、おれのお蔭《かげ》だけどよ」

デンスケがペラペラやってる間に、煙草男が勘《かん》定《じょう》を払って出ていった。デンスケの他には、店にはカウンターで、〝地獄タンメン〟と〝極楽チャーハン〟をぱくついている二人組だけになった。

ニュースが終わり、「尋ね人コーナー」が始まった。

捜索者が尋ね人の写真を公開し、失踪《しっそう》の理由、失踪時の服装等の個人データを並べたてて、帰還を求める番組である。情報量やセレクトは捜索者に一任され、放送中に情報が寄せられることも多い。当然、家族や友人ばかりでなく、殺し屋が逃亡した標的や、高利貸しが債務者情報を求める場合もあり、犠牲者が出たりしているが、その辺は〈魔界都市〉のTV局で、番組中に謝罪テロップが流れるだけ。出演者の選択法を考えたり替えたりとかいう話は一《いっ》切《さい》ない。

この晩も三組の家族捜しが終わり、

「ケケ、人捜しなら、〈西新宿〉のハンサムがいちばんだよ」

と、にやついていたデンスケは、四人目の顔写真がデンとアップになった途端、

「なにィ!?」

と身を乗り出した。

湯間めぐみの顔であった。

捜索者も現われた。

スーツにネクタイをきちんと結んだ、父の義男であった。

「私はめぐみの父です」

と男は悲しげに言った。

「娘は今日の一七時頃、買物に出ていったきり戻りません。八方手を尽くしましたが、行方不明のままです。唯一、居場所を知っていそうなのは友人の通称デンスケ君です。これは単なる勘ですが、今夜中に連絡がなければ、生命《いのち》が危ないと思われます。デンスケ君、すぐに連絡をください。彼を連れてきてくださった方には、五〇万円を進呈します」

頭を下げて放送を終わった。


「何ていい加減な内容だ」

デンスケは呆れ返った。

どうして、おれがめぐみちゃんの居場所を知ってると思う? 今夜中に連絡しなければ殺される? んなことどうしてわかるんだ? とどめは、勘ときた。しかも、おれを連れてけば五〇万円だ? なら自首するで。おっさんどうしちまったんだ?

呆気《あっけ》状態だが、放っておくわけにはいかない。デンスケはレジへ向かった。エプロン姿の女店員が、疑《うたぐ》り深そうな眼で見つめていた。

金を払って出がけに、

「あんた――今の人でしょう?」

と言われた。

外へ出て、タクシーを止めようと〈外苑東《がいえんひがし》通り〉の方へ歩き出した。

一〇歩と行かないうちに、足音が追ってきた。ふり向いた。カウンターの二人組だった。血相を変えている。

「おめえ、今の尋ね人だな」

ひとりが鼻息も荒く喚いた。

「五〇万だ。大人しく来な」

「悪いが、あばよ」

デンスケは背を向けて走り出そうとした。なぜか逃げきれる自信はあった。

いきなり、両膝の裏に激痛が走った。

「痛《て》え」

前のめりに倒れたところへ、二人から猛烈な蹴りがとんできた。

「助けてくれ」

と叫んだ。狭い横丁なので通行人はいない。

「こらあ」

と別の怒号が夜気《やき》を渡った。

「何だあ?」

男たちが、やって来た方を見て、相手を認めると、薄笑いを浮かべた。先に店を出た、咥え煙草のコート姿だったからだ。シケたオヤジとしか認識しようがない。

男たちの右手が上がった。

光る物体は指向性の投擲《とうてき》武器であった。デンスケの膝裏から膝頭までを粉砕した威力は、それでも護身用の枠内に入る。

手の動きが止まった。

咥え煙草が右手を掲げたのだ。闇の中でも自動発光するＩＤカードは、〈新宿警察〉の黄金のバッジをきらめかせた。

「五〇万で刑事《デカ》とやるか?」

眠たそうな声には、恫喝《どうかつ》のかけらもない。

「やっちまえ!」

とひとりに叫ばせたのは、そのせいかもしれない。

風を切った武器は、確かに咥え煙草の位置で凄絶《せいぜつ》な打撃音を上げた。

「きええ」

刑事らしからぬ悲鳴も確かに咥え煙草の口から洩

れた。

けっと吐き捨て、男たちは顔を見合わせて笑った。

そのこめかみから鮮血と弾頭が噴出したのは、次の瞬間だった。

「畜生《ちくしょう》——また手術か」

と咥え煙草は呻《うめ》いた。

「その代わり、強盗犯二人を射殺——帳尻は合うか」

咥え煙草——刑事は右手の小型拳銃から硝煙を漂わせたまま、ラーメン屋の方をふり返って、顔を出した女店員に、

「こっちで処理しますよ。気にせんで」

と伝えた。こんなことには慣れっこの女店員は、はあいと小さく答えて姿を消した。

「さあて、こっちはどうしたもんかな」

無精髭の顎《あご》をこすりこすり、刑事はデンスケに近づいた。

「覚えてるか、デンスケ？　三年前もおまえを逮捕した男をよ？」

地面の上で、デンスケは近づいてくる顔を凝視《ぎょうし》し、あっと指さした。

「く、朽葉《くちば》だな。この疫病神《やくびょうがみ》！　あっちへ行きやがれ！」

第三章　老後はどうする？

1

円乗寺虎之助《えんじょうじとらのすけ》の頭痛の種は、新興暴力団「鬼城《きじょう》会《かい》」のトップ、鬼島城作《きじまじょうさく》であった。〈新宿〉の犯罪シンジケート「紅殻興《べにがらこう》」にも属さぬ〈区外〉からの新参者《しんざんもの》は、この二年間に、〈新宿〉の古株たちですら、まさかと思う狂的なやり口で勢力を拡大し、〈大久保《おおくぼ》〉〈高田馬場《たかだのばば》〉という稼《かせ》ぎ頭《がしら》を勢力圏内に置くと、いよいよ最大の快楽街〈歌舞伎町〉へ眼を向けたのである。

〈新宿〉のみならず〈区外〉の妖物《ようぶつ》も操《あやつ》って、容《よう》赦《しゃ》なく敵対組織を潰《つぶ》していく蛮行《ばんこう》に対し、「紅殻興」も正面から迎え撃ち、〈大久保〉〈高田馬場〉の一部は奪回に成功し、他への侵略も食い止めたものの、狂犬どもは次の手にゲリラ戦を選んで、「紅殻興」所属の末端組員から幹部まで、隠密裡《おんみつり》に殺害していった。「紅殻興」も同じ手段で対抗し、かくて〈新宿〉は朝となく夜となく、〈魔界都市〉にふさわしい殺人抗争の場と化したのであった。

今日も朝から昼にかけて三人の組員が殺害され、こちらも四人を返り討ちにしたものの、円乗寺の気分は一向に晴れなかった。

――年齢のせいか？　それとも身体《からだ》が？

五年前、肝臓《かんぞう》に腫瘍《しゅよう》が見つかってから、小さな手術を繰《く》り返して凌《しの》いできたが、そろそろ限界かもしれなかった。

〈メフィスト病院〉へ行けば一発なのはわかっていたが、あの白い院長には一度、〈新宿〉特有の奇病にかかった彼の患者を、アメリカの研究所へ送ろうと画策し、こっぴどい目に遭《あ》わされた過去がある。意地でも下手《したて》に出るのはご免だった。

その挙句《あげく》が、舎弟や子分どもに打ち明けることもせず、古馴染《ふるなじ》みの医師の病院で、十度近い手術の繰り返しだ。それもどうやら終わりが近づいたらしい。

「紅殻興」の月例総会の帰り、通りかかった〈市谷柳町〉で、ふと一杯飲《や》りたくなったのも、そんな身体から導かれた精神《こころ》の弱さが原因かもしれなかった。

窓から眺め、適当に選んだ。

「おまえは先に帰ってろ」

付き添いの組員に命じて、ひとり夕暮れの下《もと》、目立たぬバーの扉を押した。

会社がひけるには少し早いせいで、カウンターに老人がひとり肘《ひじ》をついて、煙草《たばこ》をふかしているきりだ。肘の横に半分ほど残った水割りのグラスが置いてある。

着流しの格好よりも、骨ばった横顔が円乗寺の眼を引いた。素人《しろうと》だ。

「いらっしゃい」

カウンターの向こうから、化粧のきつい女が声をかけてきた。ママだろう。

「シーバスをロックで。ダブルだ」

注文してから、老人の右隣《どなり》のスツールに腰を下ろした。

「他に席はあるぞ」

と干《ひ》からびた声が、迷惑そうに言った。

「ここが気に入ったのさ」

「左側だと射《う》たれやすいのか、ヤー公めが」

「そう言うなよ、カジ」

円乗寺は笑いかけた。

「こちらにも、おれと同じものを」

ママが、ちらりと老人を見た。

案の定、老人は毒づいた。

「ゴロツキの親玉に、酒をおごられる趣味はない。ついさっき、警察から釈放されたところで、気分が悪いんだ。とっとと失《う》せろ。酒が不味《まず》くなる。それから、昔の名前で馴《な》れ馴れしく呼ぶのはやめろ。わしの品が疑われるぞ、ハリボテ」

吐き捨てるような物言いに、

「おまえが付けたその綽名《あだな》のおかげで、おれは、番長になっても、まったく睨《にら》みが利《き》かなかった。今でも怨《うら》んでるぞ」

「中身などスッカラカンのやくざの倅《せがれ》が、虎之助なんぞとおこがましい。ハリコ——ハリボテの虎と呼んで何が悪い？」

「やめてくれよ」

「だったらわざわざ、わしが楽しくママを口説《くど》いている店へなど、やって来るな。どういうつもりだ？」

「偶然だよ、偶然」

眼の前へ置かれたグラスを取り上げ、円乗寺はひと口飲《や》った。戻したグラスは空《から》である。ダブルも顔負けだ。

カジと呼ばれた老人は、ちら、と円乗寺の袖口《そでぐち》へ眼をやり、光る石を嵌《は》め込んだ飾りボタンをつまんだ。

「何だこりゃ？」

ちょっと力を入れた。石は消しとんだ。

「ガラス玉か？」

「正真正銘《しょうしんしょうめい》のダイヤだ」

円乗寺の声は驚きに包まれていた。

「なんだ、そりゃ。たかがボタンひとつにダイヤだ？　気取りやがって」

「噂《うわさ》は本当だったのか？　生き返ったらスーパーマンだったという」

「正義と真実とアメリカン・ウェイのため、日夜戦い続けているのです、だ。ケケケ」

「いや、驚いた。〈新宿高校〉開校以来の暴れ者、湯間嘉次郎も、平凡な人生を終えたかと思っていたら、やはりこれからが本番だったとはな」

「おまえはヤー公でおしまいだ。気易《きやす》くカジカジと呼ぶな、消防が来るぞ」

「なあ、噂は本当なのか？」

円乗寺の声が低くなった。

「何だ、そりゃ？」

「生き返ってから、超能力者になったってことだよ。本当か？」

「わしゃいつもと変わっとらん。変わった変わった言うのは、周りの奴《やつ》らばかりだ」

「なら変わったんだ。昼間からこんな店で飲んでるようじゃ、どうせ暇《ひま》だろ。な、時間を割《さ》いてくれや」

「時間を割いて何しろというんだ？　やくざの用心棒か？」

「ずばり」

「ふざけるな」

「実は今――」

ドアが開いて、サラリーマンふうの男が二人入ってきた。ママがいらっしゃいと言い、男たちもうなずいて見せた。

そして、上衣《うわぎ》の内側から消音器付きの模造拳銃《サタディ・ナイト・スペシャル》を抜くと、円乗寺に向けて引金《ひきがね》を引いた。

銃声は命中音より小さかった。


円乗寺がスツールから横倒しになると、二人は消音器を外してポケットに収め、製作費一〇〇円足らずと言われる拳銃を捨てて、店を出ていった。

「こら、待て!?」

ようやく事態に気づいた嘉次郎爺《じい》さんが後を追おうとしたが、着物の裾《すそ》を引っ張る手があった。

「ハリボテ!?　大丈夫か？」

「んな訳《わけ》ねえだろ」

円乗寺は苦しそうに言った。

「畜生《ちくしょう》め、炸裂《さくれつ》弾を一〇発も射ち込みやがった。ぐうう」

「それにしちゃ元気だな。防弾チョッキでも着けてるのか？」

「そんなもの――待てよ、確かに……」

円乗寺の頭上に疑問符が点《とも》った。

途端に血を吐いた。

「あ、やっぱり、げげげ」

「大したこたあねえ、ママ」

「もう〈救命車〉呼んでます」

ふわ、と円乗寺が力を抜いて、床に転がった。

「こら、しっかりしろ」

「いや、もういいかん。頼みがあるんだ、カジ」

「ん？」

「うちの組を——率《ひき》いて……くれ」

「なにィ？」

「おまえなら……大丈夫だ……おれはやくざになったが……いつも……カジのほうが適任だと……溜息《ためいき》を……つきっ放し……だっ……た……ママが証人だ……跡目《あとめ》は……おまえに……」

何とかここまで言って、円乗寺は首を垂れた。

「おい、おい、おい」

体内がズタボロなのも忘れて、揺《ゆ》すりに揺する老人に、ママがおよしなさいよと駆け寄ったとき、〈救命車〉のサイレン音が近づいてきた。

交番の奥の取調室で、デンスケは跳《と》び上がった。

「な、ない⁉」

「何がだ？」

「お宝だ！　おれの未来がかかってるお宝がねえんだよ！」

それからすぐ、わかった！　と叫んだ。

訝《いぶか》しげな眼で見つめる朽葉に、

「あんとき、横断歩道でぶつかってきた奴だ。他に触れた奴はいねえ！」

あれは肩だった。だが、〈新宿〉のスリならそれくらい朝飯前だ。この辺の勘は抜群だ。

「しかし——ロクすっぽ、顔も覚えてねえ。えい、糞《くそ》お」

朽葉は咥《くわ》えた「しんせい」を灰皿に載《の》せた。三分の一しか残っていないのに、まだ喫《す》うつもりらしい。

「ロクすっぽでいい」

ポツリと言った。刑事とは思えぬ陰々《いんいん》たる声であった。

「は？」

「覚えてることだけ、しゃべってみろ。おまえの話からすると、すられた品はかなり厄介《やっかい》だぞ」

男は、何だか妻の様子がおかしくなりつつあるのに気がついた。

仕事を終えて帰宅してから二時間ほどだが、妙に気分が昂《たかぶ》るなと思ったら、妻もそうらしく、立居《たちい》振舞《ふるま》いが眼に見えて荒っぽく――ガサツだ。

「お茶」

と言ったら、

「はあい」

急須と湯呑《ゆの》みとポットをまとめて放り投げて寄越《よこ》した。当然、テーブルの上は滅茶苦茶《めちゃくちゃ》だ。

「何だ、その態度は？」

ポットを摑《つか》んで投げ返した。あまり軽々と持ち上げられたので、自分でも驚いた。頭に当たる、と思ったとき、流しで背を向けていた妻は、ふり向きもせず片手で受け止めた。

「おお!?」

思わず叫んだ。その喉元《のどもと》へ銀色の光が走った。彼も受け止められない速度で投じられた柳刃包丁《やなぎばぼうちょう》は、三〇センチを超す刃の根元まで、彼の後頭部から露出させた。

何とか呼吸《いき》をしようとして、彼は空気を吸い込んだ。空気と――血が気管から流れ込み、心臓を止めてしまった。

夫の死体を見下ろし、

「やっと、この宿六《やどろく》を始末できたわ」

と妻は皿を拭《ふ》きながら、つぶやいた。

最後の一枚を終えると、テーブルに近づいて、置いてあった円筒を手に取った。

亭主が人の懐《ふところ》からかすめてきた「成果」である。ロクでもないものを、と内心でののしりながらいじくり廻《まわ》していたら、スイッチがＯＮになったものか、かすかに光りはじめた。

ヤバ、と思って置きっ放しにしておいたら、何か精気みたいなものが身体の奥から湧《わ》き上がってきた。

そして、三〇分——

「何が起きたのかよくわからないけれど、スタミナ満々よ。もう怖いものはないわ。では、そろそろ出かけようかしらね」

妻は電気炊飯器に米を入れ、水を加えた。手を乗せると、たちまち水蒸気が噴《ふ》き上がって、室内に炊《た》きたての白米の匂《にお》いが満ちた。

女は蓋《ふた》を開け、湯気をたてる飯の中に手を突っ込んで、握り飯を三つこしらえた。それをタッパーに入れてビニールのショルダー・バッグに収めると、卓上の円筒もジーンズのポケットに入れて、さっさと部屋を出ていった。

「白金滝次《しろかねたきじ》、白金朝子《あさこ》」

と、怨嗟《えんさ》に嗄《しやが》れた声で念を押すのも忘れなかった。

「一体、何考えてんだろうな、父さん」

何度も繰り返した言葉を、湯間めぐみはまた口にした。

そのたびに、よくわかんねえ、さっぱりだ、ユニークな親父《おやじ》さんだよな、とか相手をしていた若者も、とうとう何も言わなくなってしまった。二人は居間のソファで隣り合っていた。

めぐみが誘拐されたという口実で、彼の家へやって来たのは、三時間ばかり前——夜の七時過ぎだったのである。

「だいたいさあ、娘の友だちが面白い品物持ってるから、それを横取りしたい——そのために娘がさらわれたなんて話をでっち上げる親なんてこの世にいる？　まるで人身御供《ひとみごくう》か人身売買じゃないの」

これも何十度となく聞かされた文句である。

「タッちゃんも腹立たない？　自分の父親がうちの父親と知り合いっていうだけで、こんな茶番の片棒担《かつ》がされてさ」

「仕様がないよ。古いつき合いなんだから」

タッちゃんと呼ばれた若者は、そのとき、ちょっぴり邪悪な眼つきになると、ミニスカからのぞく膝《ひざ》に手を乗せてきた。

「ちょっと！」

いい音をたてた平手打ちを見舞い、

「お触りなら、お金ちょうだいよ」

と睨みつけたとき、玄関のチャイムが鳴った。

2

「親が親なら、子供も子供だよな」

タッちゃんがぼやいて、叩《たた》かれた手の甲を撫《な》でた。

「ちょっと触っただけなのに、金取るのかよ」

「彼女でもない女の身体触ったら、お金払うのが当たり前でしょう」

「どこが当たり前なんだよ」

本格的な男女論争になりかけたところを、破壊音と悲鳴が中断させた。

「理奈《りな》さん⁉」

驚きの声はタッちゃんの母親のものだろう。同時に、それはまた悲鳴に変わった。

「うわ」

と腰を浮かすタッちゃんの肩を、めぐみが押さえた。

「出ちゃ駄目よ。ここから逃げるの」

「けどよ、親父とお袋が」

「小母《おば》さんはもう助からないわ。小父《おじ》さんも危ない」

「じゃ、犯人を捕まえてやる」

「ドアをぶち壊して入ってきた奴よ。あなたなんかに勝てっこないでしょ」

「なんかって何だよ？」

いきなり、ドアが開いた。真っ赤な顔がとび込んできた。タッちゃんの父親だ。赤いのは血であった。

「小父さん⁉」

「親父――ど、どうした⁉」

「逃げろ！」

と叫んで親父はふり向いた。

若い女が入ってきた。

「ね、姉ちゃん⁉」

タッちゃんが叫んだ。

「今まで、よくもあたしを無視してきたわね。実の娘を」

女は陰々たる、しかし、熱い情念をまとわりつかせた声で言った。眼は血の色に――歓喜に燃えていた。顔も同じ色をしていた。右手の柳刃包丁がその原因に違いなかった。

「姉ちゃん、やめろ！」

走り出そうとしたタッちゃんの腕をめぐみが摑んで引いた。

「早く――逃げろ」

親父が叫んで、実の娘にとびかかった。

背中から血まみれの刃《やいば》が現われた。

「よっ」

小さな掛け声とともに、それは左右に動いて、親父の胴体を両断してのけた。

「ね、姉ちゃん――やめろ！」

「早く行きなさい、竜彦《たつひこ》。あたしは、うちのと一緒になってから、いない者と見なされてきたのよ。身籠《みご》もったときも一円の援助もしてくれない。結局、流産だった。亭主がスリだったから仕様がないって言えば言えるけど、冷たすぎると思わない。でも、あたしは我慢した。ずうっとこのまま我慢するつもりだったのよ。でも急に莫迦《ばか》らしくなっちゃったの。これから、怨《うら》みのある奴を殺して、銀行強盗でもやるわ。うちの宿六も片づけた。ごらん、このどうってことない包丁でも、あたしが使えば鉄だって切れるのよ」

女――白金竜彦の姉は右手をふり上げ、ふり下ろした。

それは水みたいにテーブルを貫《つらぬ》き、軽く手首をこねただけで、二つに裂いてのけた。

「す、凄《すげ》え」

竜彦が眼を見張った。凄《すさ》まじい殺人現場を目撃しながら、まだ姉だという楽観視が抜けないのだ。

「早くお逃げ」

姉は無表情に言った。

「早く――あんたに怨みはない、つもりだったけど、考えてみれば、ひとりだけいい目を見てたわよね。あたしの分まで」

「考えるなよ!」

「いらっしゃい!」

めぐみがタッちゃんの腕を摑んで、ベランダ際《ぎわ》まで引っ張っていった。

「あら――大した力ね」

と姉が眼を細めた。

「ひょっとしたら、あんたもあたしと同じ――」

「失礼します!」

めぐみはタッちゃんごと窓ガラスへぶつかった。

対妖物処理を施《ほどこ》した硬質ガラスは、一度は撥《は》ね返したが、二度目で砕け散った。

「はっ!」

ひと声で、めぐみはタッちゃんごと手すりと植込みを跳び越えて、通りへ下りた。誰もいない。いや、マンションの玄関へ人影が二つ入っていったところだ。

「凄え!?」

とタッちゃんが感嘆符を送ってきた。

「いつの間にこんな――」

「走るわよ!」

タッちゃんを小脇に抱えて、めぐみは猛烈な速度で通りを走り出した。

姉はとりあえず諦《あきら》めることにした。いずれ会ったとき、八つ裂きにしてくれる。とりあえずは、近所の銀行へ行って――

ドアの方を向いたとき、玄関の方から足音がやって来た。

「母親だ」

「死んでる」

声はすぐさま二人の男になって、姉の前に立った。

よれよれのコート姿に「しんせい」を咥えた無精髭《ぶしょうひげ》男と、頭のキレそうな――ただし悪いほうへ――若者だ。朽葉とデンスケであった。

「室伏《むろふし》理奈だな。〈新宿警察〉の朽葉だ」

とＩＤカードを示し、

「夫――室伏平助《へいすけ》と両親の殺人容疑で逮捕する」

「冗談でしょ」

と姉――室伏理奈は吐き捨てた。

「こんな奴らをとっちめたからって、逮捕されるいわれなんかないわ。それより、あたしはこれから銀行強盗に行くけど、それで捕まえたら。ただし、生きてそこまで行けたらね」

いきなり手の包丁を振り上げた眼は、すでに狂っていた。

「下ろせ！」

朽葉がリボルバーを構えた。

「込めてあるのは炸裂弾だ。あんたの頭も吹っとぶぞ」

理奈はのけぞって笑った。

「今のあたしはね、不死身なのよ。自分でもわかるわン」

笑い終えると、

「でも、あんたたちは普通に死ぬのよお」

と迫ってきた。

「待て」

デンスケが両手を前へ突き出して制止した。

「その前に――あのメカは何処《どこ》へやった？」

「メカあ？」

「これくらいの円筒だ。真ん中が透明になってて」

「あー、あれ」

女は左手をジーンズのポケットに入れてから、眼を細めて記憶を辿《たど》った。

「家――かな」

「家？　なかったぞ。亭主も、あんたの行く先を教えて、すぐ死んじまった」

「え？　生きてたの？」

理奈は驚きの表情を作った。

「そうか、あたしと同じ、あの機械のせいなんだ。でも、何処へやったかなあ？」

「思い出せ。おかしな連中の手に渡ったら、とんでもないことになる。世界中の死人が生き返るぞ」

「あら、面白いじゃない？　じゃあ、あんたたちもそうしてもらいなさいな」

今度は、言うなり突進してきた。

「よせえ！」

リボルバーが、どん、と跳ね上がった。とび散る西瓜《すいか》をデンスケは連想し、思わず吐きそうになった。女の顔か頭の一部が、鼻の頭に付着したのである。

しかし、彼はすぐ立ち直り、理奈のショルダー・バッグにとびついて中身を点検した。

「ない！　とすると、やっぱりあのスリの家だ。おれは捜《さが》しに戻るぞ！」

「そうはいくか。おまえは誘拐と殺人事件の重要参考人だ。おれから離れることは許さん」

「許さんっても、歩けるのかい？」

「なにィ？」

朽葉は眼を細め、それから悲鳴を上げた。右足の甲に、柳刃包丁が深々と突き刺さっていたのである。

これで済んだと言うべきか。いや、加害者の頭は吹きとばしたのだから、一矢《いっし》は報《むく》いたというべきか。不幸中の幸い――これこそ、朽葉という男の持つ特殊能力なのであった。が、しかし、デンスケは身を翻《ひるがえ》して玄関へと消えている。この場合は、幸いなのか不幸というべきか？

めぐみと竜彦は、何と〈四ツ谷駅《よつや》〉まで走り続け、とりあえず、眼についた廃墟《はいきょ》にとび込んだ。

走ったのはめぐみだから、さすがに息が荒いが、竜彦は平然たるものだ。走ってる間は、みっともないから下ろせよ、と騒いでいたが、着いてしまえば、

「へえ。凄えスタミナ」

と舌を巻いた。めぐみは少し怒ったふうに、

「それよりあんた、ご両親が殺されたってのに、関心なさそうね」

「そだよ。どっちもあんまり好きじゃなかったしね」

「冷たいわねえ」

「親もそう言ってた」

彼はビルの残骸《ざんがい》と思《おぼ》しい壁にもたれて、あーあと両手を伸ばした。本気《マジ》で悲しくなんかなさそうだ。

「それよりさ、これからどうすんの？」

めぐみは腰のパウチを叩いて、

「父さんの指示待ちね。携帯もお金もあるから、二、三日は凌げるわ。その間にデンスケ君があの復活装置を父さんところへ持ってくるわよ」

「何だかよくわかんないけど、そう上手《うま》くいかないのが世の中だぜ」

「聞いたふうな口利《き》かないでよ。とにかく、ここで待つの」

「君もお父さんのやることに批判的だったじゃないか」

「そだけど、こうなったらもう仕様がないわ。事態は私たちの手に余っちゃったのよ。余らなくなるまで待ちましょ」

「やれやれ」

竜彦が大欠伸《おおあくび》をした。

そのとき、ドアの外で靴音が重なった。

まばゆい光が二人の上半身を直撃し、両眼をくらませた。

「そんなところで、何してる⁉」

ひとりが凄《すご》みを利かせた。

「あんた方と同《おんな》じよ」

とめぐみが威勢よく返す。あの殺人狂の手から男ひとりを助け出した実績が、この娘を強気にしていた。

別のひとりが、もっと穏《おだ》やかな口調で、

「これは強気のお嬢さんだな。見たところ、警察に追われてるふうにも見えんがな。身なりもきちんとしているし」

「あら、どーも」

「だが、悪いがこの廃墟はうちが買い取ってる。他《よ》所《そ》へ行ってくれたまえ」

「えーっ⁉　そんなのあり？」

「仕様がないよ、行こうぜ、めぐみ。隠れるところなら他にも幾《いく》らもあるさ」

トラブルを嫌う性質《たち》らしい竜彦は、もう壁から離れている。

一同を取り巻く空気に変化が生じた。

「めぐみ――と言ったかね？」

「ええ」

と答えてから、まずいな――ピンときた。

「名字《みようじ》は――湯間か？」

「ううん」

「あれ。そうじゃんか」

この莫迦、殺してやる、と思ったが、遅かった。

「湯間めぐみ君か――なら、大歓迎だ。ゆっくりしていってもらおう」

「え？　ゆっくり？」

意外だった。捕まえて父のところへ突き出すつもりかと思ったからだ。

「ああ、ゆっくりだとも」

男は優しく言った。

「そうとも、ゆっくりだ。うちの協会は君の友人

――デンスケとやらに滅茶苦茶にされたのだよ」

「えーっ!? じゃ、あんたたちは――」

と指さす先で、男たちは一斉《いっせい》に笑った。

「『新宿裏発明協会』の生き残りさ。幸い、研究施設は本部以外にもあってね。ここはそのひとつだ。まま、ゆっくりと見学していきたまえ。君の父上の捜索願いについても、色々と訊《き》きたいことがある」

「あーあ」

めぐみはちら、と竜彦の方へ眼をやると、軽く地を蹴《け》った。

その身体が男たちの頭上を越えて、タッちゃんの前に着地するや、男たちの顔面が鈍《にぶ》い音をたてた。

奇声とともにのけぞる足下《あしもと》に、ばらばらと、めぐみがすくって投げた小石が落ちた。

「脱出よ!」

叫んだ腰に凄まじい圧縮が加わり、めぐみは尻餅《しりもち》をついた。呼吸ができない。

「海底調査用のタコ型ロボットだが」

さっきの男のかたわらにずんぐりとした胴体の下から、何百本とも知れぬ細い手足をうねくらせている影が立っていた。

「どうも、海の中より陸のほうが性能を発揮する。うちの発明らしいな」

まさしくタコに絡《から》め取られた小魚のように、めぐみは闇の中へと連れ出された。

「おまえも来い」

「はーい」

竜彦も素直に後に続いた。

3

ドクター・メフィストが異変を感知したのは、翌日の昼過ぎであった。

矢継《やつ》ぎ早《ばや》に緊急搬送センターから連絡が入ったのだ。

彼はセンターへ出向き、〈救命車〉から次々に搬入されてくる怪我人《けがにん》と、すでにベッドに横たえられて治療を受けている患者を見渡した。

「昨夜《ゆうべ》から今まで六七人です」

いつの間にか、かたわらにいたセンター長が、淡々と告げた。そこへ、もう一台、ストレッチャーが入ってきた。

「六八名です」

「喧嘩《けんか》かね」

とメフィストは言った。

「左様《さよう》で。しかし、全員、プロの暴力団員でしょうに、このやられ方は凄まじいものですな。殴《なぐ》られ蹴られの結果ですが、全員、瀕死《ひんし》の重傷です」

緊急治療室内に響くのは、医師と看護師の足音と声ばかりだ。患者の殆《ほとん》どはぴくりとも動かない。

「組と組との抗争か。まだ覇気《はき》のある連中がいるわけだ」

「いえ、それが」

「違うのか?」

「救命隊員から聞きましたが、相手はひとりだそうです」

「ほお。名前は?」

「そこまでは。ですが、老人だと」

メフィストの眼が、かすかな光を帯びた。昨日、警察まで同行し、早期釈放のため証言をしてきた人物のことを思い出したのであった。


昼前から、湯間嘉次郎は飲んだくれていた。もとから斗酒《としゅ》なお辞せずの口であったが、生き返ってからは、輪をかけての酒豪ぶりであった。

一時間もしないうちに、焼酎《しょうちゅう》の瓶《びん》が二本空《あ》き、ウイスキーは半分空だ。それなのに、少しも酔いは廻ってこない。アルコール分が、悲鳴を上げる暇《ひま》もなく消化されてしまうのだ。カウンターのママも、呆気《あっけ》、という表情を崩さない。

「でも、七〇人近い暴力団員を叩きのめしたって、極端すぎない? よく射たれなかったわね」

嘉次郎はグラスを握ったのと反対側の手で胸を叩き、

「おまえさんも年齢《とし》だな。何回同じことを口にすりゃ気が済むんだ。覚えとけ、わしゃ一〇〇発近い弾丸を受け、二〇回以上刺された。それでも平気の平左《へいざ》だ。我ながら気味が悪い」

「それもそうよねえ。いくら〈新宿〉だって、あなたの場合は少し異常だもの。ねえ、例の機械、何処にあるの？　始末しちゃったら？」

「そうも思うが、何処行ったかわからん」

「えー？」

「お代わり」

気持ちよくグラスを空けて、カウンターに置いた。ママも止めても無駄とわかっているから、黙ってボトルを傾ける。

ドアが開いて、白い影が入ってきた。

「いらっ――」

でママは凍りついた。

神の降臨を目撃した信者――ただし、この神は美の神だ。

「はン？」

とママから新客に眼を移して、

「こら、ドクター。この節はお世話になりました」

と老人は頭を掻《か》いた。飲酒をとがめられたわけではないが、何となくバツが悪かったのである。医者と患者とはこういうものかもしれない。

「昨夜から七〇人近い怪我人が運び込まれた。犯人はあなたですな？」

「ああ、そうですよ」

ぴしゃりと後頭部をはたいた。

「あいつら、『鬼城会』の三下《さんした》だ。わしの縄張《しま》を乗っ取ろうとしてると聞いたんで、こりゃあ先手を打つに限ると乗り込んでやったんです」

「あなたの組かね？」

「へえ。『円乗寺組』ってケチなとこですが、組長が殺《と》られちまいまして。悪ガキ仲間のわしが、当座の組長役を仰《おお》せつかったわけです。そしたら案の定というか、一日中、敵対組織の鉄砲玉《たま》が生命取りに来やがる。こらあ切りがねえ、わしのほうから行ってやれと思いつきましてね」

「組本部を急襲した」

「へえ」

「凄まじいことをする」

「よしてください。ドクター・メフィストにこんなことで感心されちゃ、罰《ばち》が当たりますよ」

嘉次郎は頭を掻いて、

「それより、今のわしに関わっちゃいけません。なあに、ドクターならひと睨みで焼き殺しちまうようなサンピンばっかりですが、わしが叩き殺したらお目汚しになっちまう。早いとこ、引き取っておくんなさい」

メフィストは、ファイト満々な老人の顔を覗《のぞ》き込んだ。たちまち昇天――といくはずが、老人は真っ赤になっただけで持ちこたえた。


「脈拍正常、血圧も異常なし――どころか、全組織が超人並みだ。永久機関の効果はまだ続いている」

白い医師の診《み》たてをどう取ったか。

「――何だかよくわかりませんが、生き返ってからは、ずうっとこの調子でさ。ドクター以外、怖いものなんかありゃしません。それより駆けつけ三杯だ。いかがです、ドクター？」

「ちょっと」

ママが顔をしかめてみせた。ドクターに昼間から酒を飲ませては、というモラルの他に、この白い医師に酒が入ったら何が――という怯《おび》えが猛烈に渦巻いていたに違いない。

「いただこう」

とメフィストがこちらを向いたのを、正面から見てしまったものだから、もういけない。カウンターの内側《なか》で立ったまま半失神の状態になった。

「あ、いかん。ドクター、ロックでいいかね？」

「結構」

棒立ちでとろけている女の脇からカウンター越しに、新しいグラスへ砕氷《さいひょう》を放り込んでカウンターへ戻し、なみなみとウイスキーを注《つ》いでメフィストへ渡し、自分のにも入れて、

「ほんじゃ、ま」

グラスの縁《ふち》を打ち合わせて、たちまち一杯空けてしまった。

「ん？」

メフィストを見たのである。カウンターへ置いたグラスは、きれいに干されていた。

「イケますねえ、ドクター。こいつはいいや、もう一杯」

きゅうっと空けて、メフィストの方へ眼をやると、空のグラスを置いたところである。

こうなれば意地だと、たちまちボトル一本空けても敵《かな》わない。

勝手にカウンターの中に入り、棚から二本目を取り、それが三本目になっても、メフィストは風のようにグラスを空けて、嘉次郎が気づくと手元に置いている。

一〇本空にしたところで、死から甦《よみがえ》った老人は諦めた。

「こりゃ敵わねえ。やっぱり、医者は患者より凄えや」

とつぶやく当人も、少しも酔ったふうはない。昼間から開いているバーだから、何人か客も来たが、二人の飲み比べの静かなる物凄さに恐れをなして、早々と退散してしまった。

そこへ、また新しいサラリーマンふうなのが二人やって来て、戸口で立ち止まったが、少しは肝《きも》っ玉《たま》も太いらしく、

「楽しそうだな」

「おお」

とカウンターへ移ってきた。メフィストの顔は見ていない。

「ひょっとして、ドクター・メフィスト？」

と訊くと、返事も待たずに、サングラスを取り出してかけた。〈区民〉らしい。

「ほれ」

注文も訊かずに嘉次郎の作った水割りを出されると、さすがに、爺さんの手作りかと顔を見合わせたが、

「ま、いいか」

「胃に入れば同じさ」

潔《いさぎよ》く、こちらも飲りはじめたが、嘉次郎とメフィストの速さに引きずられるところもあって、たちまち、五杯でギブアップしてしまった。

「ご馳走《ちそう》さまでした」

「お礼に、今度は僕らが作りましょう」

ひとりが勝手にカウンターに入り、営業で慣れているのか、腕まくりして、すぐに嘉次郎とメフィストの前に、琥珀《こはく》色のグラスを並べた。すぐに、

「うっひゃあー、凄え」

「なんて、ペースだ」

本気で驚きの声を上げ、とうとう一〇杯目くらいで音《ね》を上げてしまった。

「幾らこしらえても、切りがない」

「空《むな》しい労働だ」

まだ、陶然《とうぜん》たるママに勘定を払うと、カウンターを下りた。

「待て」

声をかけたのは、メフィストであった。

突然、サラリーマンたちは魔術師に呪文《じゅもん》をかけられた騎士のように石と化した。

「この水割りはじきに爆発する。胃液とニトロメタンの相互作用によってな。見届けなくてもいいのかね？」

返事はない。石は言葉を知らぬのであった。

「本当ですかい、ドクター？」

嘉次郎がカウンターを出た。激昂《げっこう》している。

「他人《ひと》の店で何しやがる。正しい飲み方を教えてやるぜ」

硬直しっ放しの襟首《えりくび》を摑むや、二つの頭を思いっきり叩きつけた。

同時に、彼と、ドクター・メフィストの身体は内側から爆発した。

炎と黒煙は九穴《きゅうけつ》から噴出したと思われた。

店の半分が炎に包まれても、ママはなお恍惚《こうこつ》としていた。焼け死んでも構わない。あの白い方と一緒なら。そんな思いであった。

だが、炎は退《ひ》いていった。

膨《ふく》れ上がったときの状況を正確に逆再生しながら、老人とメフィストの口や耳に吸い込まれていき、ついに消滅した。

驚くべきは、灼熱《しゃくねつ》に溶けたドアやテーブルまで元に戻ったことである。この空間全体がタイム・マシンと化したかのようであった。それは、重篤《じゅうとく》な患者を過去の健常体へと復帰させる医師たるものの使命とよく似ていた。

「ちゅーわけだ」

嘉次郎が、胸の辺りをパタパタ叩きながら、苦笑いしてみせた。灰色の塵《ちり》が舞い上がった。サラリーマンに化けた二人組は、防禦《ぼうぎょ》の恩恵を受けられなかったと見える。

「わしを殺《と》るためなら、他に何人道連れにしたって構わねえというわけでさあ。とんでもねえ没義道《もぎどう》どもで。これからひとつお返しに行ってきまっさ」

メフィストは沈黙していたが、このとき急に、

「診療させていただこう」

と言った。

「へ？　わしゃ別に——」

構わず、右手が老人の左胸に当てられ、一瞬の後、

「健康体とみなす」

白い医師は宣言した。

「この診療は今から一〇分前に行なわれたものとする」

嘉次郎が、ぎょっと彼を見つめ、それからニンマ

りと笑った。

「いいんですか、ドクター?」

「私の患者に手を出された以上、医師としてお礼をしなくてはならん」

「いよっ、大統領」

ママだけが恍惚のままだ。

「じゃ、出かけましょうか。ドクター?」

嘉次郎がドアを開けた。

「ですが、わしの分にまで手を出しちゃ困りますよ」

二つの姿が戸口をくぐり、ドアは閉じた。

これからの行為を予見しているかのように、カウンター内のママは、なおも神を見た信徒のごとき表情を崩さなかった。

第四章　近親者の憂鬱《ゆううつ》

1

アフロ・ヘアの中年男は、その光景を見た瞬間、売り物の凶悪さが消しとぶほどの驚きを表現した。

何もない。

〈新宿三丁目〉の真ん中にそびえる五階建ての事務所が、壁も天井も失《な》くした吹き抜け——というか、四角い煙突に化けてしまったのだ。

「爆発か——しかし、破片もねえ。それより、組の奴《やつ》らはみんな……何処《どこ》へ行っちまったんだ？」

「そ……そこに」

恐怖——を通り越して、放心状態で壁を指さしたのは、ビルの近くをうろついていた組員である。事務所にいた唯《ただ》ひとりの生き残りだ。

「そこって何処だ？　誰もいねえぞ。壁の中にいるって？　冗談はよしやがれ」

男は組員の後ろにいるボディガードにうなずいてみせた。

ボディガードもうなずき、革《かわ》手袋の手を組員の肩に乗せた。

声もなく男はのけぞった。三〇〇〇ボルトの高圧電流の直撃を食らったのだ。悪くすると心臓が保《も》たない。

手袋はすぐ離れたが、組員はその場にしゃがみ込んだ。

その胸《むな》ぐらを摑《つか》んで、

「さ、もう少し頭を働かせてしゃべるんだ。他の奴らは何処へ行った？」

「そ……こ……に」

指はまた伸びた。今度は下へ。床の上へ。

そこも黒い染《し》みだけだ。

「ふざけるなよ、おい？」

男のこめかみに青すじが膨《ふく》れた。そのとき——

「会長——この染み、人の形をしてますぜ」

もうひとりのボディガードが言った。

「はん？」

「それに、オフィスの床に、もとからこんな染みがあったんですか？」

「いいや、ねえ。血の痕《あと》かと思ったが——人の形だあ？」

「壁のもそうですよ」

と最初のボディガードが言った。

「確かに人の形だ。会長——ひょっとしたら、いなくなった連中は、みんな染みに……」

「そんな莫迦《ばか》なことがあるか⁉　いくら〈新宿〉だって、五〇人の組員が壁と床に貼りついた染みになっちまったって⁉　いい加減にしやがれ」

「一階から五階まで」

と二人目のボディガードはつぶやいた。虚《うつ》ろな男の声に似ていた。

「きっと床も天井も人の染みで覆《おお》われていたんだ……それから、床を消していったんだ」

「ふざけるな！　そんなことのできる奴が何処にいる⁉」

男は残った一階の床を踏んだ。足はコンクリートの基部まで打ち抜いた。

凶暴そのものの顔が急に穏《おだ》やかに変わった。気がついたのだ。いることに。

男は組員の頰《ほお》をそっと両手ではさんだ。ささやくように。

「——おい、誰がやった？　見たんだろ？」

組員はうなずいた。彼はかろうじて記憶に残った名前を口にした。

「……やる」

と少しして男はつぶやいた。

「あいつなら……やれる……五〇人……潰《つぶ》して……染みに変えられる……ドクター・メフィスト……重力まで操《あやつ》るか」

人間といわず物体を、限りなくゼロに近い厚さの染みに——二次元平面に近しくする手段は、重力コントロールのみだ。

「そして……もうひとりの爺《じじい》は……あいつだな。円乗寺の代役だ。……野郎、〈魔界医師〉とつるみやがったか……」

そのとき、外で磁力推進特有の耳障《みみざわ》りな響きが聞こえると、室内は影を濃くした。

上空から飛来した小型の磁力飛行体が、光を遮《さえぎ》ったのだ。

「陣内《じんない》か」

男は苦々《にがにが》しい声を嚙《か》み潰した。

「てえへんだってな、鬼島さん」

スーツ姿の男が入ってきたのは、一分後であった。中身を見て、男――「陣内夜会」総長――陣内保《たもつ》は立ちすくんだ。単なる破壊ならともかく、この光景は想像を絶していた。

「机もロッカーも組員もなしかよ――ひょっとして、金庫も武器もか？　こら凄《すげ》え」

「陣内さん、悪いが」

「わかってるって」


いつもの馬鹿陽気な口調にも翳《かげ》がある。

「すぐ退散するよ。しかし、鬼島さん、おれの知る限り、こんなとんでもねえ真似《まね》を、〈新宿〉のやくざ相手にしでかすのは、ひとりしかいねえ。だが、なぜ、あいつが？」

「わからねえ」

と鬼島城作――「鬼城会」会長は答えた。正直な答えであった。宿敵を片づけたと思ったら、おかしな爺が後釜《あとがま》に名乗りを上げた。早速、鉄砲玉を送り込んだら、あっという間に三〇人近くが全員やられてしまい、あろうことか、爺はこのオフィスまで乗り込んで、さらに四〇人ばかりを病院送りにした。鬼島は激昂《げっこう》し、新たに五〇人の精鋭を支部から選んで、本部の穴を埋めた。さらに腕利《き》きの二人を選んで爺を監視させ、行きつけのバーで一杯飲《の》《や》っているところを捕まえ、うまい具合に焼却剤を服ませた。

そう連絡があった。

いい気分で鬼島は別件の待ち合わせ場所へと急い

ってもいなかった。誰もいなかった。何も残っていなかった。そして、ひとり生き残った組員は気死状態で、犯人のひとりはドクター・メフィストだと告げた。それは彼が想像もしなかった敵の名前だった。世界が滅びても、その名を敵として聞いてはならなかった。聞くはずはなかったのだ。訳《わけ》がわからない。

「わからねえ」

と鬼島は繰《く》り返した。

「悪いが、おれは下ろさせてもらうぜ」

と陣内はむしろ、ざまあ見やがれという口調で言った。

「あいつが向こうについちゃ、何やっても無駄だ。悪いが好き好んで死にたかねえ。いいや――こんなふうになあ」

陣内も〈魔界都市〉で指折りの暴力団総帥《そうすい》だ。それが心底怯《しんそこおび》えきった視線を壁と床の染みに当てて、噴《ふ》き出る脂肪汗《あぶらあせ》を拭《ぬぐ》った。彼は鬼島と組んで、「紅殻興」壊滅を謀《はか》っていたのだった。

「ああ、こうなっちまっちゃ仕様がねえ。無理には止めねえよ。だがな。今さら澄ました顔して『紅殻興』へ戻ろうたって、そうはいかねえぜ」

「おい、どういう意味だ?」

陣内の形相《ぎょうそう》が変わった。

「何もかもバラしてやるってのよ。完璧《かんぺき》な敵になる。あんたの狙《ねら》いは今の『紅殻興』を潰して、第二の『紅殻興』のトップになることだってな」

「少し汚くねえか、鬼島さん。あのドクターにゃ勝てっこねえが、あんたは別だ」

「お互い様よ。だからここで争っちゃ、相討ちがいいとこだ。どっちの得にもなりゃしねえ。そこでだ、月並みな提案だが、あと三日だけ我慢してくれ。その間に形勢逆転をしてみせる」

「おいおい、わかってねえな。相手はよ――」

「ドクター・メフィストでも同じだ」

鬼島の自信に満ちた返事に、陣内は後じさった。

こいつとうとう狂いやがったかと恐怖したのである。

「とにかく三日だ。頼む」

頼むと言ったが、その眼、その表情は完全に恫喝《どうかつ》だ。その凄《すさ》まじさが陣内を感動させた。

「――わかった。三日だな」

と彼はうなずいた。

「その代わり、間に合わなかったら、おれは『紅殻興』を動かして、あんたを壊滅させる先頭に立つぜ。いいな？」

「いいとも。感謝するぜ」

鬼島は破顔《はがん》した。

ああ、一介《いっかい》の暴力団組長が、〈魔界医師〉に挑んだのだ。

すべてを失ったビル内を、このとき風が吹き抜けた。抵抗の意気やよしと讃《たた》える讃歌か、世紀の愚者《ぐしゃ》よと罵《ののし》る呪詛《じゅそ》か、それは鬼島城作の髪を吹き乱し、唇をめくり上げて、牙《きば》のような歯を剝《む》き出しにしたのであった。

「ふうむ」

一応の説明を終えると、相手は腕を組んで、大胆に眉《まゆ》を寄せた。

「駄目かな？」

と訪問者は訊《き》いた。

「うーむ、相手が相手だからなあ」

「いや、だから。正面切って戦ってくれってんじゃねえ。知恵を貸してほしいんだよ。ちっぽけな〈区外〉のやくざだった『鬼城会』を〈新宿〉に君臨するまでにしてくれた、ヨッちゃんの知恵をよ」

「そのヨッちゃんも、今じゃ失業者だ。この〈市谷柳町〉の〝キャンプ〟で、〈区〉のお世話になってる身の上さ」

「だからよ。その草莽《そうもう》の男の頭をもう一遍《いっぺん》、斬ったはったの世界で役に立ててくれと言ってんだよ、おれは。相手はドクター・メフィストだ。絶対に勝てっこねえ。だけどな、今回おれが耳にしたある品と、ヨッちゃんの知恵がありゃ、半《はん》の目を丁《ちょう》にだってできる。な、ここは昔馴染《むかしなじ》み同士手を組んで、〈魔界都市〉の制覇《せいは》といこうじゃねえか」

相手は返事をしなかった。だが、その胸中に荒い波が打ち寄せているのは、男にもよくわかった。

数秒後、相手は小さく、いいだろうと言った。

「おお⁉」

「で、その品物とは？」

「うむ、いま情報収集中だが、何でも死体を甦らせることができる装置だそうだ」

「ほお」

相手の口元が微妙に痙攣《けいれん》した。

「――で、もうひとりの爺《じい》さんというのは？」

「おお、その装置で生き返った死に損《ぞこ》ないだ。そう言や、この辺に住んでたらしいが」

「この辺じゃない。ここだ」

男は眼を剝いた。

「そ、そうなのか。だがまあ、大した玉じゃねえ。ひょっとしたら、軽いショックで仮死状態にあったのを、ドクター・メフィストに助けてもらっただけなんじゃねえの。たぶん、うちの連中を撃退したのも、そいつじゃなくて、ドクター・メフィストひとりの力だぜ」

「だといいがな」

相手の返事は曖昧《あいまい》であった。

「その爺さんは死から甦《よみがえ》っただけじゃない。途方もない力を持って、しかも、そのパワーは日に日に増している。放っておけば、〈新宿〉の魔力だって押し潰し、破壊しかねないんだ。おれは、ドクター・メフィストよりこっちのほうが厄介《やっかい》とみる」

「本当《マジ》かよ？」

男は明らかに震え上がっていた。相手はこんなことで嘘《うそ》をつくような人間ではなかったのだ。

「おい、おれはよ、〈新宿〉で甘い汁が吸えればいいんだ。今、『紅殻興』の連中を引退させて、トップの座に就《つ》けば、日に五億の純利が見込める。それで充分だ。そんな爺に、〈新宿〉を破壊されたらおまえ、何のために『円乗寺組』を潰しにかかったのかわかりゃしねえ。そんな野郎は早いとこ始末すべきだ。そうだろ？」

「まあな」

と相手は煮えきらない。

男は声をひそめて、

「ひょっとしたら、その爺は、あんたの知り合いか？」

「その爺さんの顔を見たか？」

「いいや」

「名前を知ってるのか？」

「いや、当人も〝わし〟としか名乗らんらしい。とにかくいきなり、殺された円乗寺の遺言だと言って、証人のバーのマダムとやらと『円乗寺組』へ乗り込み、組長の座に収まったそうだ。おれの送り込んだスパイはそう言ってた。そいつももう殺《や》られちまったがな」

「おまえ、何も知らん爺さん相手にドンパチやってるのか？」

「悪いか？」

「とんでもない。じゃあ。少し爺さんについて教えてやろう。名前は嘉次郎だ」

「ほう。名字は？」

「ゆま、ね」

ここで男は気づいた。

呆然《ぼうぜん》たる友の顔へ、

「わかったか、ジョー？」

と、ヨッちゃんこと湯間義男は自分でもよくわからない感情を声に乗せて、「鬼城会」会長・鬼島城作に叩《たた》きつけた。

「おまえが殺し屋を送っては返り討ちにされてる爺さんは、おれの親父《おやじ》だよ」

た。

2

凱旋《がいせん》と呼ぶべきであろう。湯間老人と「鬼城会」本部の中身を抜き取って帰還したメフィストであった。

院長室の青い光の中で腰を下ろすとすぐ、彼は左手の指輪を空中に持ち上げた。

秘書室長の顔が空中に浮かんだ。

「どうしたね？」

室長は、モデルのように端整な顔を少し歪《ゆが》めて、

「実は別の異常事態が発生しました」

と言った。

「別の？」

室長に向かって右隣《どなり》の室内に、病院の受付を背にした女の子が浮かんだ。年は六、七歳だろう。走ってきたのか、息を切らしている。頬《ほ》っぺたは林檎《りんご》だ。かたわらに白衣の看護師が付き添っている。

「一分前――午後三時一四分に当院ロビーへやって来たところです」

と室長が告げた。

「ドクター・メフィストですか？」

女の子は喘《あえ》ぐように訊いた。

「そうだとも」

メフィストの声は、患者以外の女性に対するときとは別人のごとく優しい。うっとりとメフィストには見えぬメフィストを見上げて、しかし幼女は高い声で、

「あのね。うちの学校の近所に、おっきなお墓があるのね。幾《いく》つものお部屋に分かれてて、そこにお棺《かん》が入ってるんだ。お部屋の扉は鉄なのね。それが、中にいる人が生き返ったみたいで、扉を破ろうとしてるの。凄《すご》い音がして、扉がこっちへ出っぱってるのが見えるの。こういうのを見たとき、警察へ知らせなさいって、言われてたンだけど、死人なら、お医者さんのほうがいいと思ったのね。それでここへ

来ました」

「よく来たね。学校の名前は？」

「〈新宿区立珠音《じゅおん》小学校〉」

「すぐに医者《せんせい》が行く。君はここにいなさい」

「はーい」

白い医師を信じて駆けつけた天使の笑《え》みが空中に広がり――消えた。

青い光の中に、ドクター・メフィストの姿もまたなかった。


地下三階にある駐車場の警備員が院長を見かけた。

一階の廊下を特別処置室へと歩む看護師二名も院長を見かけた。

三階の図書室で資料探しに励んでいた小児科の医師が、廊下を行くメフィストを見かけた。

七階のナース・センターでは三人のナースが、センターの前を早足で過ぎるメフィストを見た。

みな口を揃《そろ》えて、

「院長の影は壁に映《うつ》っていましたが、その頭上に巨大な鳥が飛んでいるのが見えました。ところが後で考えると、院長の周りにはそれこそ鳥の雛《ひな》一羽いなかったのです」

最後に目撃されたのは、屋上である。

ここで、車椅子《いす》の患者に日光浴をさせていた看護師は、フェンスに近づく院長の頭上に、陽光を撥《は》ね返す銀色の線《ライン》を見た。よく考えると、それは巨大な鳥の翼のようであったという。


小学校の隣にある墓地とは、〈新宿〉らしい集合型墓地であった。

土地の少ない〈新宿〉では、個人専用の墓地は少なく、どうしてもという場合は地下の土地を購入するしかない。殆《ほとん》どの死者は、小さな壺《つぼ》に収められたまま、集合住宅ともいうべき小スペースに眠っている。

——はずが、火葬を望まず、棺葬を希望する死者も意外に多く、この〈富久町《とみひさちょう》〉の一角にも、朽《く》ちるままの死体を納めた棺《ひつぎ》が並ぶ墓地が、地上五階の建築物としてそびえているのだった。

今、そのビルの外側通路に面したおびただしい鉄扉《てっぴ》が、鈍《にぶ》い音とともに内側から外へとせり出しつつあった。

対応策は無論ある。死者の大量復活など〈新宿〉では日常茶飯事《さはんじ》だからだ。

死者の復活を知った係員は、まず墓所のモニターをチェックし、死者の甦りを確認するや、密教の呪文《じゅもん》を流すと同時に、室内に睡眠ガスを放出した。鉄扉を歪《ゆが》めていることで、まともな復活でないのはわかっている。こういう状況下で甦った死者は、問答無用で死の旅に戻す——契約書にも明記してある。

どちらも効《き》かなかった。

係員は、鉄扉に高圧電流を流した。さすがに叩く手の勢いと数は減ったが、狂気の還《かえ》り人《びと》は二度目の眠りに就こうとはしなかった。

最後の手段は各スペースでの爆破になる。これには逡巡《しゅんじゅん》が伴《ともな》った。

そこへ、白い神が降臨したのである。

廊下に仕かけたカメラが、屋上から下りてくる白い人影を捉《とら》えたのだ。

「ド、ドクター・メフィスト!?」

こう言っただけで、全員が恍惚《こうこつ》の像と化した。

白い姿が五階の廊下へ下りたとき、ついに一枚の鉄扉が打ち倒れてきた。廊下に反響する轟《とどろ》きとともに、スーツ姿の復活者が現われた。

眼窩《がんか》は洞窟《どうくつ》のように窪《くぼ》み、眼は黄色く濁《にご》って、裂けた唇の下から歯列を剝き出した復活者が。

「生前通りとはいかん——永久機関は不完全だったぞ、財宝《たから》八州美」

メフィストの背後で別の扉が倒れた。そこから滲《にじ》み出た影ひとつ。こちらも半ば腐《なか》敗した生ける死者である。

メフィストはケープの下から右手を抜き出した。ひとすじの針金を握っている。その先を一〇センチほど露出させると、親指の爪《つめ》を食い込ませた。

音もなく切断されたそれが空中にあるうちに、メフィストは指で弾《はじ》いた。

一〇センチの飛行体は前方の復活者の口腔《こうこう》に吸い込まれた。

後方の一体にも同じ行為を行なったとき、ついに廊下中の扉が倒れて、醜悪《しゅうあく》なる生ける死者が溢《あふ》れ出た。

メフィストは眼を閉じていた。何のためかは、そのつぶやきを聞けば明らかであった。

「心拍数ゼロ異常――血圧値ゼロ異常――ALTゼロ異常――血小板数ゼロ異常――LAPゼロ異常――治療不可能と見なす」

その周囲に、彼らは二重三重の輪を形成していた。

「その力の源《もと》を断《た》たぬ限り、おまえたちに休息はない。機関のパワーを浴びすぎたものだろう」

言うなり、ケープの胸元《むなもと》から銀色の光が飛んで、迫りくる汚怪《おかい》な者たちの全身を駆け巡った。

彼らは倒れた。その四肢《しし》は光るすじで呪縛《じゅばく》されていた。

鈍い音をたてて、一体の首がもげた。胴体はなお蠢《うごめ》き続けていたが、じきに大人しくなった。

「鉄扉と壁と棺がパワーを遮《さえぎ》ったと見える。でなければ胴のみになっても歩き続けていただろう。これでは、不足しがちな部位の補充にもならん」

非情の言葉と言うべきか、言い終えた途端、死から甦った者全員の首は落ちた。

モニターから眼も離せず陶然と立ち尽くす係員のもとへ、メフィストが訪れたのは、三分ほど後であった。それだけで、彼は全階の生ける死者たちを殲《せん》滅《めつ》してしまったのである。

それすらも係員たちには驚きではなかった。彼らの脳は、モニターに映し出されたメフィストの最初の像だけで占《し》められていたのである。

メフィストのほうも心得ているから、脳の金縛《かなしば》りを解《と》こうともせず、

「訊きたいことがある」

と言った。男たちがぎくしゃくとこちらを向く。

その動きも眼差《まなざ》しも、催眠状態に等しい。

「死者たちが甦る前に、円筒状のメカがここにあったはずだ。見た者はいるかね？」

ひとりが眼をこすって、

「あ。そう言や、後藤《ごとう》さんが拾ったって品——それだろ」

「そうだ！」

もうひとりが手を打った。派手な音がした。

最初の係員が勇んで、

「昼飯の帰りに落ちてたのを拾ったと言ってました。ここでカチカチやってましたよ」

「それは、後藤さんとやらが持ち帰ったのかね？」

「そうです！」

「彼は早退か？」

「ええ。何か子供を病院へ連れていくとか言ってましたが、あれは口実だよな」

みな、おかしな眼つきでうなずいた。

「すると？」

とメフィスト。

「女ですよ、ドクター。みんな知ってるんです。酔っちゃあ自慢してましたからね。〈早稲田《わせだ》〉の呑《の》み屋の女がいるんですよ。今日はそこへ——」

眼がいやらしく細まった。別のひとりが、

「別れ話らしいですよ。そう言ってました。わたしゃ、聞いたんです」

「自宅の住所がわかるかね？」

「へい」

ひとりが手を上げた。

それを聞き、

「世話になった」

メフィストは礼を言って、管理事務所を出ると、

「あれが、ドクター・メフィストかよ。本物を目《ま》の当たりにしたのは初めてだぜ」

「まったくだ。もう背すじがゾクゾクしたぜ」

「いやあ、何か興奮してきたな。どうだい、こんな事務所放《ほ》っといて、一杯飲りに行こうじゃねえか」

「お、いいね。『クラブ肥満』なんてどうだい？」

「情報屋の妹——ぽてことかいうのがやってる店だろ？　行こう、あのママさんには、ちぃとばかし怨《うら》みがあるんだ。少しツケが溜《た》まっただけで、ぶん殴りやがって、半年も病院通いだ」

「おれもよお、酔っ払ってケツ触ったら、いきなりヒップ・ドロップかまされた。全治三カ月」

異様な雰囲気が室内に満ちはじめた。

「行こうや」

ひとりが腰の自動拳銃を抜いて、弾丸の有無を調べた。

「行こう」

もうひとりが、棚からレーザー・ライフルを外した。

男たちはこのとき、間違いなく殺人鬼と化していた。

だが、ドアを出ようとしたとき、彼らは音もなく崩れ落ちた。

テーブルの隅《すみ》に載っていた小さな瓶《びん》が、ドクター・メフィストの残した異世界の存在相手の麻酔薬だと知る者はいない。普通の人間ならそれを嗅《か》いだ途端、ショックで死亡するほどの強烈な効果を、彼らは三分も耐えていたと知る者も、ひとりを除いていない。

そのひとりは屋上で、足下《あしもと》の床を眺めて、

「私を見てもすぐ正気に戻った者たち——もう一度、夢の中へ戻りたまえ」

と、天上から聞こえるような声で言った。

「そして、彼らを変え、狂気の死者を甦らせた出来損ないの永久機関——間に合えばいいが」

その胸元から光のすじが這《は》い出るや、みるみる両脚で彼を摑んだ巨鳥と化して、大きく羽搏《はばた》いた。

ドクター・メフィストをここへ導き、いま連れ出そうとしているものは、針金細工の大鷲《おおわし》であった。

3

〈弁天町〉名物〝イカモノマーケット〟の真ん中で、初老の男が足を止めた。

「いたあ！」

と買物客や観光客を押しのけて駆けつけたのは、整えたばかりのパーマも崩れ、つけ睫毛《まつげ》もずれて、ファンデーションも厚塗りが見え見え――しかも、真っ赤なスリップ姿という、職業も一発の女であった。しかし、肌は艶《つや》やかだし、顔立ちも、とんでもないメイクの下からもきれいに整っているのがわかる――なかなかの美人だ。

初老の男は、もぞもぞと蠢いているビニール袋を胸に抱えて、露骨に迷惑そうな顔をした。

「何だね？」

その右腕をひっ摑んで、

「亭主がさ、あたしと別れたいって男連れてきたのよ。ねえ、とっちめてやって」

「いや、そういう個人的なことにかかずりあってる暇はない」

「何よぉ、あたしと寝たとき、君のためなら何でもするって言ったじゃない。そのときが来たのよぉ」

「いや、それは物の弾《はず》みだ」

女は見下げ果てたように初老の男を見つめ、

「何よ、その言い草？　あのときはどうかしてたんだって？　サイテー。あんたそれでもインテリの学者さん？　世界なんかいつでも破壊できるなんてエラソーに。ぜーんぶ嘘《うそ》だったのね？」

「何を言う。私は世界の誰も成し遂《と》げたことのない発明を現実化させた真の天才だぞ。この私の手にかかれば、世界どころか宇宙さえもが、一瞬のうちに破滅の時を迎えるのだ」

「そいつぁいいや！」

同じくビニール袋を提《さ》げた買物客のひとりが、爆笑しながら手を叩いた。それまでニヤニヤと二人のやり取りを聞いていたものが、初老の男のとんでもない大言壮語《たいげんそうご》に、ついに我慢の限界を迎えてしまったらしい。他の連中も同じだから、あちこちで噴き出す音が連続した。

「世界の運命を一手に握ってらっしゃるんだ。お姐《ねえ》さん、早いとこ連れ帰ってくれよ。この商店街が吹っとばされちゃあ、おれたち、大弱りだ」

「本当だよ」

と近くの主婦らしい女が喚《わめ》いた。

「ここが失《な》くなっちまったら、あたしら貧乏人は干《ひ》上《あ》がっちまうんだからね。早いとこ連れてって、亭主を説得してもらいな」

拍手と笑い声の津波に女は両手を上げて応《こた》え、初老の男は無惨《むざん》な表情をこしらえた。

「おい、おっさん、早いとこ帰らねえと、袋ん中身が這《は》い出てくるぜ」

と店の前に商品を並べたてた男が、電磁鋸《のこぎり》で初老の男の袋を指《さ》した。

確かに袋から覗いた顔は、黄色とも黒ともつかぬ色彩《いろ》どりの、吐き気を催《もよお》しそうな醜《みにく》い代物《しろもの》であったが、男の左右に並んだドラム缶や鍋の中身も、〈区外〉の住人が見たら、二、三日食事も喉を通らなくなりそうな代物のオン・パレードであった。

三つ首の蛇とも海蛇ともつかぬ軟体物、縁すれすれまで張った水の中から妖《あや》しく突き出ては刃を嚙み合わせる灰色のハサミ、ドラム缶の水底《みなそこ》で蠢く回《かい》虫《ちゅう》もどき、バットの端から垂れ下がる鞭《むち》状の触手、それらを串《くし》に刺し、網に載せて焼肉もどきに調理する店があるかと思えば、腕に絡《から》みついてくる触手を器用に剝《は》がして、海老《えび》のような胴体をまな板に叩きつけ、殻《から》を剝ぐや巧みな包丁さばきで刺身に仕上げてしまう店もある。

およそ人間——どころか妖物《ようぶつ》の口に入るとも思え

ないゲテモノを売るこの一角は、〈弁天町〉名物の「グロテスク・イーター」と呼ばれる商店街なのであった。

仕入れ先はよくわからない。〈区外〉から密《ひそ》かに買い入れているとも、〈亀裂〉からすくい上げるとも噂されているが、気にする者などない。グロテスクな外見にさえ眼をつぶれば、火に焙《あぶ》られ悶《もだ》え苦しむその肉から上がる匂いは、その辺の高級ステーキ以上に香ばしいし、実際に美味《びみ》だ。食卓に載せられても、大概《たいがい》の肉は痙攣《けいれん》をやめず、完全に消化されるまで胃の中で蠢き続けることもあるが、値段票につけられた数字が、一尾《いちび》五円、一キロ三〇円ときては、どんなことにも我慢できるだろう。イカモノ愛好家に留《とど》まらず、一般〈区民〉も押しかける理由はここにあった。

だが、おぞましいのは外見だけとは限らない。名は体《たい》を表わすかのごとく、見てくれは性格を表現する。今も通りのあちこちで、ハサミを備えた鮫《さめ》に腕を切り落とされた商店主がのたうち廻《まわ》り、一〇本足のアンコウに腰まで呑み込まれて助けを求める呑み屋の女将《おかみ》もいる。ここもまた〈魔界都市〉の領土なのだ。

「こら、おっさん、行ってやれ」

「ここで逃げたら男じゃねえぞ」

好き勝手な客たちのエールに送られて、初老の男はやむを得ず、女と一緒に、商店街の出口へと歩き出した。

「あーあ、おまえなんかと寝るんじゃなかった」

とゴチる男へ、

「今さら何よ、誰かいるってひょっこり入ったあんな廃墟《はいきょ》の中で、無理矢理押さえつけて、好き放題に舐《な》め廻したとき、こんないい女は初めてだ、何でも望みを叶《かな》えてやるぞと言ったくせに」

「男なら誰にでもある気の迷いだ」

「遅いわよ。ほら、着いた」

二人は近くのアパートの前にいた。

女がドアを開けるや、

「サスケぇ、財宝博士を連れてきたわよ。もぅ、あたしと別れるなんて言わさないわ。さ、博士、言ってやって」

1DKの小さな部屋である。狭い三和土《たたき》と通路の境《さかい》にはカーテンが張ってある。

少し間を置いて、女は眉を寄せた。

「返事ないねえ、あれれ⁉」

最後の驚きの声は、カーテンを開けたからだ。

六畳の真ん中で、全裸の大男が二人、くんずほぐれつの肉弾戦にふけっている最中だった。

「この泥棒猫!」

女は上の男の髪を摑むや、一気に毟《むし》り取った。

凄《すさ》まじい悲鳴と怒号が部屋を揺らした。

「信子《のぶこ》——何しやがる⁉」

下の男——たぶん、サスケ——の抗議を、女——信子は冷然と聞いた。サスケは顔を血まみれにした裸の男——まだ一六、七の少年に抱きついた。

「見ての通りよ、だいたい、女房の留守に男が男とやらかすなんてサイテーもサイテーじゃないの」

「おれはもとから女が好きじゃなかったんだ。こいつと会って真の愛に目醒《めざ》めたんだ」

「さんざんあたしを弄《もてあそ》んでおいて、何がシンノアイよ。ふざけるな! 博士——こいつ殺して」

「いや、幾らなんでも。とにかく、サスケくん、いきなり女から男へ乗り換《か》えるのはよくないと思うなあ」

「そーすかぁ?」

サスケは不貞腐《ふてくさ》れた。初老の男——財宝には一目《いちもく》置いているのかもしれない。

「でも、仕様がないスよ。真の愛ですから」

「うーむ、それもそうだ。こうなっては古い愛が引っ込むしかない。信子さん、諦めなさい」

「何よ、それェ⁉」

女は喚いた。激情は沸騰《ふっとう》点に達していた。

「どいつもこいつも殺してやるぅ」

壁際に置いてあるハンドバッグに駆け寄るや、小さな拳銃を取り出して、男たちに向けた。

「やめろ！　何しやがる⁉」

パン！　と鳴った。

少年がのけぞった。眉間《みけん》に小さな穴が開いていた。

「良太《りょうた》！　しっかりしろお」

サスケがとびついて少年を揺《ゆ》さぶったが、もう反応がなかった。

「死んだ。おい、良太が死んじまったよお、博士、何とかしてくれえ」

「無駄よ、死んだらおしまい。この世界で唯ひとつの絶対律よ」

信子がケラケラと笑った。意外と学があるのかもしれない。

「畜生《ちくしょう》！」

サスケが信子にとびかかった。拳銃が彼の手の中で火を噴いた。

仰向《あおむ》けに倒れた女の眉間にも死の射入孔が開いていた。

「あああああ」

サスケは悲鳴を上げた。突然、彼は何もかも失ってしまい、それは彼自身の手で成し遂げられたのであった。

「もし、もし生き返ったら、良太と二人で別の人生を歩いてみせるぜ。あばよ、博士」

三つ目の穴はサスケのこめかみに開いた。

三つの死体が並ぶ中、生き残った者の声が、陰々と反響した。

「もし生き返ったら、別の人生を、と言ったな。ふうむ、面白いことになるかもしれんぞ」

彼は笑い出した。商店街での人の好《い》い初老の印象は何処にもなかった。

「私の作った永久機関——出来損ないでも死人を甦らせた。完成品の力はどうか、この屑《くず》どもで試してみるとするか」

胸に暗い計画書を秘めた財宝がドアを閉めると、夕暮れの六畳間に残るのは三つの死骸《しがい》だけであった。

三〇分ほどして、沈黙の死者の国を、ノックの音が渡った。

少しして顔を出したのは、やや痩《や》せ型だが、ぞっとするほど美しく妖艶な女であった。

凄惨《せいさん》な光景に、女は一瞬息を引いたが、たちまち艶《あで》やかな笑みを浮かべて、

「〝死よ、なぜ訪問の挨拶《あいさつ》をせぬのか?〟」

こうつぶやくと、女は顔色ひとつ変えず、血臭のたちこめる室内へ入り、死体のポケットを探《さぐ》りはじめた。

財布を探し出し、中身を調べて、

「シケてるわね」

そのとき、睨みつけた死体のひとつの腰の辺りに光る物体を見た。ポケットからこぼれた物らしい。

細長い円筒であった。

美女はそれをしばらく手の中で見つめていたが、また何かを見つけたらしく、その部分に指を当てて引いた。

円筒が小さく唸《うな》った。ONになったのだ。

「あら」

美女はそれを睨みつけると、すぐにスイッチらしい部分を押し戻してポケットに収めた。

「それじゃ、失礼。後藤さん」

女が部屋を出て、二分と経《た》たぬうちに、財宝が戻ってきた。

すぐに異常に気づいて、

「――誰か来たな」

と細い眼を光らせたが、遥《はる》かに強い別の思いが上衣《うわぎ》のポケットから、あの品を取り出させた。

「永久機関の完成品だ」

財宝は、にんまりと笑った。途轍《とてつ》もなく邪悪な笑みであった。

第五章　歪《ゆが》んだ復活

1

〈弁天町〉近くの1DKアパートに、白い神が舞い下りたのは、空巣狙《あきすねら》いの美女が去ってから三〇分ほどして後であった。

まず、ドアの前で管理人が出くわした。

彼はたちまちとろけた。

「後藤しゃん？　ああ、いりゅね。ここだよ」

ほとんど酔いどれの口調であった。護符《ごふ》と魔除《まよ》けの呪文《じゅもん》で埋め尽くされたドアはロックされていた。ドアの横には後藤佐助《さすけ》と名札がついている。管理人がノックしても返事はない。

「いきゃん。鍵《かぎ》を」

と管理人がポケットに手を入れる前に、メフィストはノブを廻《まわ》して引いた。ドアは何事もなく開いた。

「失礼」

メフィストは六畳ひと間の1DKへ上がった。

中年男が仰向《あおむ》けに横たわっていた。

「後藤しゃん」

管理人の声には、わずかながら、驚きが含まれていた。

「にぇむってましゅか？」

「死んでいる」

「はあ。じぇはけいしゃちゅを」

管理人が身を翻《ひるがえ》したとき、

「待ってくれ」

死体が止めた。

ひょいと上体を起こして、

「早とちりですよ、ドクター。ぴんぴんしてます。傷なんか何処《どこ》にもねえ」

パンパンと顔と胸を叩《たた》いて見せた。

「硝煙《しょうえん》の臭いがする」

とメフィストは言った。その眼差《まなざ》しから、後藤は眼をそらした。普通人の普通の動きだ。しかし、メフィストは続けた。

「そして、血の臭いもする。君の頭部から」

後藤は向き直った。真正面から白い医師を見た。

その身体《からだ》が空中に躍《おど》った。

天井に四肢《しし》を伸ばして背中で貼りついた姿は、蜘蛛《くも》を思わせた。

「おれは死んだよ、ドクター・メフィスト」

と後藤は言った。口の端から涎《よだれ》が糸を引いた。

「そして甦《よみがえ》った。だが、これには条件がついているんだ。生きてる奴《やつ》を片《かた》っ端《ぱし》から殺しちまえ、とな。最初があんたとは思わなかったぜ」

「楽しそうだな」

とメフィスト。

「そうともよ。今の気分が聞きたいかい？　身体ん中でマグマが煮えくり返ってるみたいだぜ。おお、外へ出たがってるよ、ドクター。たまらねえ。誰かを殺さなくちゃあ収まりそうにねえ」

後藤は自分を指さした。

「なあ、治療してくれよ、ドクター。おれも本当は人なんか殺したくねえんだ。あの博士がこんなふうにしちまったんだよ」

「博士？」

「おかしな——おれが拾った、筒みたいな品とそっくりなのをふり廻してたおっさんだよ」

「何処にいる？」

「近所のアパートだって聞いたがよ。人の好《い》い世間慣れしたただのおっさんだと思ったが、とんでもねえ。おれを生き返らせて、片っ端から周りの奴を殺しまくれってよ。な、ドクター、他に二人いるんだぜ、——信子とおれの真《しん》の恋人——良太だ」

「彼らはどうした？」

「博士と行っちまったよ。おそらく、おれと同じことを強要されてるぜ。しかし、あのおっさん、何のために人殺ししろってんだ？」

「君の持っている品は何処にあるね？」

「おお」

とポケットに手を入れ、後藤――サスケは首を傾《かし》げた。

「ねえ。自殺するまでは、確かにあったんだが、そうか、博士が持ってっちまったのかな」

再び首を傾げて、

「まあ、いいや。で、ドクター、どうだ？　おれは治るかい？」

「入院手続きを取ろう」

「いいや、やっぱりやめとくよ」

後藤は唇をねじ曲げて笑った。

「今のおれにゃあ、殺しのほうがお似合いだ。聞いてくれ。頭ん中で、殺せ殺せと何人もが騒いでる。みいんなおれだ」

しゃあ、と彼は息を吐いた。

その身体に銀のすじが巻きついた。メフィストの針金細工だ。それは、三本の針金で胴体を構成した大蛇であった。スケスケの胴で後藤を巻き絞《し》め、蛇はこれも向こうが透《す》けて見える頭部を彼の頭に近づけ、かっと口を開いた。

そして――何と、人間ひとりを頭から呑《の》み込みはじめたのだ！

針金が蠕動《ぜんどう》するたびに、後藤の頭が、肩が、腹が、ぐいぐいと胴の奥へと吸い込まれ、それに合わせて針金はたわんだ。

「治療可能と認める」

と白い医師は言った。

「あとは我が病院へ」

「そうはいかないんだよ、ドクター」

後藤は苦しげに口をぱくぱくさせた。すでに蛇に半《なか》ばまで嚥下《えんげ》されている。それなのに、勝ち誇った声であった。

次の瞬間、蛇は爆発した。

メフィストが眉《まゆ》をひそめたほどの高エネルギーの波の中心に、後藤がいた。壁が天井が床がみるみる崩壊していく。

「アパートが崩れるぞ、ドクター。何人殺せば、気が済むんだよ、博士?」

「ひとりも許さん」

凄《すさ》まじいエネルギーの乱舞の中で、その声は限りなく静かに、美しく鳴った。

白い医師は左手を胸前に上げていた。

その手の平に、彼は右手の人さし指を走らせた。

世にも美しく開いた傷口から、真紅《しんく》の血潮《ちしお》が床にしたたった。

狂乱する力が、ふと、戸惑《とまど》ったかのように停止した。空中に浮かぶ後藤の表情が変わった。自分の敵が何者なのか、ようやく理解したとでもいうふうに。

狂乱の方向が転じた。

床に広がった血の中へと襲いかかる。いや、吸い込まれていく。

「こんなはずじゃ――」

空中で後藤はよろめいた。

「力が――失《な》くなる――博士、あんたの言葉は――」

声を引きながら、彼は床に落ちた。床は崩れて一階まで彼を導いた。

メフィストは身を躍《おど》らせた。

一階に降りた。

大の字になった後藤を、ひと組の若い男女が見つめていた。住人であろう。

「失礼した」

二人はメフィストの方を向き、珍事も忘れて恍惚《こうこつ》となった。

メフィストは後藤に近づき、肩に担《かつ》いだ。

「すぐに修理の者を寄越《よこ》す。お許し願いたい」

傾いたドアを優雅に押しのけて、白い医師は部屋を出た。

あちこちが派手に傾いた廊下で、管理人が尻餅《しりもち》をついていた。

「お邪魔した」

メフィストは黙礼し、すぐに修理の者を、といいまと同じ台詞《せりふ》を吐いて歩み去った。

店の男たちは、全員、蓮香《れんか》の周りに集まってい
た。

カウンターの向こうのバーテンまで、仕事を忘れて、好色そのものの眼で、色っぽい美貌《びぼう》を、豊かな胸の膨《ふく》らみを見つめている。

いちばん離れたところにいるひとりくらいは、異常と感じたかもしれない。

蓮香は裸同然であった。

集まった連中が、ためらいもせずに、服も下着も脱がせにかかったのである。

派手なワンピースを下ろされ、糸のようなブラからはみ出した乳の肉が露出すると、客たちの手はさらに早く動いた。ブラが外されても、蓮香は抵抗しなかった。かえって腰を浮かし、ワンピースを落とすと、男たちはどよめいた。

おびただしい手が蓮香の背をこすり、乳房を摑《つか》んで、乳首を揉《も》みはじめた。

女は薄笑いを浮かべていた。この店へ入り、カウンターの前にかけてから浮かべていた笑いであった。それが、血が凍るほどの官能の刺激を男たちに与えたのである。

女はスツールを下りて、店の真ん中へ行った。

両腕を高く上げた。

腋《わき》の下が見える。腋毛を剃《そ》っていなかった。そこを舐《な》めて、と蓮香は求めている。イヤらしい舌で、汚い唾《つば》を塗りつけて。何人でも何回でもいいのよ。

腋の下だけではなかった。獲物に群がるハイエナのように、男たちは襲いかかった。

蓮香の全身は唾液《だえき》で濡《ぬ》れ光った。唾液の上を唾液がしたたった。

二人がかりで顔を舐めている。両の乳房を思いきり頰張《ほおば》っている。何度も何度も腋の下に舌を這《は》わせている奴が、その唾を顔中になすりつけ、その指を喘《あえ》ぐ口に押し込んだ。蓮香は激しく吸った。

「おかしいわ」

女の声が上がった。女の連れがひとりいたのだ。それなりに美しい女だが、完全に見捨てられていた。

金切《かなき》り声《ごえ》が欲情の渦《うず》に挑み、すぐに撥《は》ね返された。

「みんなどうしちゃったのよ。あたしはゴミ？　こっち見てよ。見なさいよ」

テーブルのグラスを摑《つか》んで投げつけたが、気にする者はいなかった。

「畜生《ちくしょう》！」

女は外へ走り出た。

「この店、『ダーカー』を売ってるわよ、誰か警察へ連絡して」

飲用者に快楽のみならず変身による殺人願望さえ与える麻薬は、〈魔界都市〉でも禁止対象だ。

タイミングよく、巡回中の警官が二名、これを聞きつけて駆け寄ってきた。もうマグナム・ガンを握っているのがこの街らしい。

女は二人を店内へ導いた。

妖《あや》しい肉体の熱が警官たちを棒立ちにした。

蓮香は獣の姿勢を取っていた。顔の下に横たわった男の男根を咥《くわ》え、両手にさらに二人のものを握り、高く上げた尻にもう一人を咥え込んでいた。

他の男たちも、下半身を剝《む》き出しにして待っている。男根はすべて天を仰いでいた。

「おお、おお、元気なこったな」

警官のひとりが天井へ一発放った。さすがに全員がこちらを向く。

その形相《ぎょうそう》の凄《すさ》まじさよ——憎悪のメデューサに一瞥《いちべつ》されたごとくに、警官たちは立ちすくんだ。

何とか気を取り直して、

「麻薬提供の容疑で店は営業停止とする。みな、壁に向かって並べ」

マグナム・ガンの銃口は、微動もせずに男たちに向けられていた。

「あらあら、ここまでね」

獣から人間に戻った蓮香が、床の上のワンピースを拾い上げて身に着けた。ブラもパンティも放ったままだ。

「それじゃ、あたしは失礼するわ。あとはお任せよ」

「動くな」

と警官のひとりが命じた。どう見ても、狂態の中心はこの女だった。

「あら、射《う》てる?」

蓮香は大胆に腰をふりながら歩き出した。

警官たちの眼は、その胸に腰に太腿《ふともも》に吸いついいた。

「動くな」

呻《うめ》くように言った。

「やーよ」

こう言って一歩出た——その瞬間、二つの銃口は拳大《こぶしだい》の火を噴《ふ》いた。

2

五〇口径——デザート・イーグルを模したマグナム・ガンから放たれた弾丸は、確かに蓮香の鳩尾《みぞおち》と太腿に命中したのである。

弾頭は貫通せず、マッシュルーム効果で三倍のサイズに拡大して内臓全体に凄まじいダメージをぶちまける。

生身の生物で耐えきれるもの、はない。

だとすれば、二人の眼の前を通り抜けた女は、生きものではないのだった。

ワンピースに開いた射入孔《しゃにゅうこう》さえ消えていくのを、警官たちは呆然《ぼうぜん》と見つめた。

女は出ていった。

「よけいな真似《まね》しやがって」

怨嗟《えんさ》の声が二人を取り巻いた。女を見送っているうちに、客たちが忍び寄っていたのである。普段ならあり得ないことだ。警官たちが、不死身程度の女に気を取られることはないし、二〇名近い男たちの接近に気づかぬはずもない。

異形《いぎょう》の気が——エネルギーが、店内のすべてを侵《おか》しはじめているのだった。

いきなり、武器が吠《ほ》えて次々に客たちを吹きとばした。制止の声もない。しかも、見境《みさかい》なしだ。尋《じん》常《じょう》な警官の行動ではなかった。

「やっちまえ」

絶叫とともに、生き残りが襲いかかる。いや、射たれた者たちも起き上がって参加する。傷など見当たらない。

何本もの手が警官たちの腕を摑むや、あっさりと引き抜いた。鮮血が滝のように床を叩《たた》く。ケブラー繊維で強化処置を施《ほどこ》した警官たちの制服は、一トンの衝撃にも耐え得る。人間の力で断裂させるのは不可能だ。

「やりやがったな」

片腕をもがれた警官が、顔をしかめつつ残った腕で警棒を抜いた。五万ボルトの高圧電流が流れる武器は、突如信じられない効果を発揮した。

ひと薙《な》ぎで、男たちの頭部が血の霧と化したのである。その職務上、一般人の救出にも当たらなければならない警官たちは、制服の下に、強化骨格を装備している。テロの爆破物によって崩壊した壁を持ち上げ、或《ある》いは打ち砕いて一般市民を助け出す状況が頻発《ひんぱつ》するためだ。それでもここまではいかない。今、打撃された人体は、まさしく霧と化してしまったのだ。

「来やがれ！」

叫んだ顔面に誰かが投げた灰皿が当たった。銃弾を射ち込まれた果実のように顔は四散した。

「やるなあ」

ともうひとりの警官が舌舐めずりをした。彼は拳で三人の客の頭を粉砕していた。

「久しぶりに楽しい相手に巡り会ったようだぜ、来い」

血まみれの手で胸を叩いた。

客たちが、どよめいた。

理解し難《がた》いエネルギーを殺人衝動に変えた結果訪れる未来を、うっとりと夢想して、愚劣《ぐれつ》な顔たちは恍惚と溶けていた。


女はぶらぶらと〈旧区役所通り〉の裏手から、〈歌舞伎町二丁目〉を、〈大久保病院〉の方へと歩き出した。

すでに陽《ひ》は落ち、毒々しいネオン・サインと、奇妙な風体《ふうてい》の通行人が通りを埋めている。

声がかかった。

「おい、蓮香——何してる？」

黒背広にサングラスのお兄さんの襟《えり》には、金バッジが光っている。四人連れだった。

女——蓮香は艶然《えんぜん》と笑った。

「何がおかしいんだ、この空巣狙いが。今度うちの縄張《しま》に入ったら、手の指全部斬《き》り落とすと言って聞かせたはずだぞ。覚悟は出来てるんだろうな？」

「ええ。いくらでも」

「この女《あま》」

二人が駆け寄ってその腕を摑んだ。

「よしてよ」

軽く上体をふった、としか見えないのに、男たちは凄まじい勢いで宙を飛び、一〇メートル以上離れたビルの壁に激突した。頭蓋《ずがい》と脊椎《せきつい》がバラバラ——即死だった。

「てめえ」

残る二人が匕首《あいくち》を抜いた。

「よさねえか！」

鋭い叱咤《しった》が、やくざどもの動きを止めた。

この時間にこの場所で、着流しの老人であった。

「何だ、てめえは？」

ひとりが匕首の刃《やいば》をそっちに向けて凄《すご》みを利《き》かした。老人は不敵に笑って、

「『鬼城会』のチンピラだな？　おれは『円乗寺組』の二代目よ」

「あっ⁉」

とびのいた男たちの顔は驚きに歪《ゆが》み、たちまち憎悪に場所を譲った。

「てめえか――ふざけた真似した野郎は？」

「な、舐めやがって」

もうひとりは匕首を仕舞い、大型の自動拳銃《オート》を抜いた。彼らの留守に組をビルごと壊滅させた片割れだったからだ。

「あーら、素敵なお爺様《じい》」

蓮香の声には、媚《こび》以上の親しみが感じられた。

「ひょっとして、助けていただけるのかしら？」

「おお、任しとけ。わしも今はやくざの組長だがな、こういう外道《げどう》は許しておけんのだ」

「しゃらくせえ」

いきなりひとりが突進した。老人は動かなかった。その胸元へとび込んだやくざの刃は、正確無比に心臓を貫《つらぬ》き、背中まで抜けた。

「何をしやがる、腐れ外道めが」

なおも刃でえぐろうとする男の背中を、老人の血管の浮き出た細腕が叩いた。さして力も入れていないと見えるのに、背骨はへし折れ、そいつは膝《ひざ》をついた。

ぐおお、とのけぞったのは次の瞬間だ。

残るひとりが、明らかにどうにでもなれとばかりに、彼の背中へオートマチックを叩き込んだのである。貫通した弾丸で老人を斃《たお》そうという捨身《すてみ》の戦法だろうが、捨身役は匕首のほうで、しかも、こちらは何も知らないのだから、仲間の生命《いのち》などゴミ扱いの凶行と言っていい。

匕首はのけぞり、すぐ動かなくなった。通行人たちも、悲鳴を上げ、或いは声もなく地上に伏せている。

「てめえ――仲間を⁉」

老人が憎悪の絶叫を放った。やくざは眼を剝《む》いた。弾丸は仲間の身体を紙のように抜けて、老いさらばえた身体を破壊しているはずだったからだ。

「わわわわ」

悲鳴を上げて逃亡に移るその背へ、ぶん、と空気をえぐって、黒い塊《かたまり》が激突した。それは秒速三四〇メートル——音速《マッハ》で叩きつけられた匕首持ちの身体だった。潰《つぶ》された——というより弾《はじ》きとばされて、やくざは路上に大の字になった。

どよめきが周囲を埋めた。

どう見ても、ホームレスか、一家の厄介者《やっかいもの》といった風情《ふぜい》の老人が、二人のやくざをあっという間に処分してしまったのだ。

その前に二人を、ずっと手際《てぎわ》よく片づけた蓮香でさえ、呆気《あっけ》という表情で彼を見つめていた。

「けっ、屑《くず》どもが」

と老人は襟元を整え、周囲を見廻して、

「それじゃ、皆さん、わしゃはこれで失礼しますが、警察が来たら見た通りを話してくださいよ。『円乗寺組』の二代目、湯間嘉次郎は逃げも隠れもしねえ。ひとつ正直に話してやっておくんなさい」

環境に影響されやすいタイプなのか、台詞《せりふ》もいなせに淀《よど》みなく吐き出すと、着物の裾《すそ》を閃《ひらめ》かせて、〈コマ劇場〉の方へと歩み去った。

拍手が起きたのは、それからであった。四人が死亡した惨場ではあったが、たかがやくざの生命——それが〈新宿〉であった。


「ちょっと」

艶《つや》っぽい声がかけられ、老人——湯間嘉次郎は立ち止まった。

〈コマ劇場〉前——左手はまっすぐ〈靖国《やすくに》通り〉、〈新宿通り〉を突き抜けて、〈駅〉まで届く〈中央通り〉であった。

いつもはあらゆる種類の人間でごった返す場所なのに、妙に森閑《しんかん》としているのは、近くであった殺しの現場へ、みな駆けつけたからだ。

「何じゃい？」

ふり向いた顔は厳しいが、何処かに隙《すき》がある――と自分で言っている。

声の主を見て、

「おお、さっきの姐《ねえ》さんか。大したもんだったぞ。強化術か筋力増幅剤を服《の》んどるのか？」

「何にも」

女――蓮香は、途轍《とてつ》もなく色っぽい笑《え》みを浮かべて、

「何か他人のような気がしないんだけど」

と言った。嘉次郎はしげしげと美女を眺めて、

「ふむ、そう言やそうだな。だがな、早く家へ帰るこった。『鬼城会』の連中は必ずあんたを捜《さが》し出そうとする」

「あなたも同じ穴のムジナよ。にしては、ずいぶんと落ち着いて――そうか、敵対組織の組長さんだったわね」

「そういうこった」

「ねえ、あたしも匿《かくま》ってくれない？」

「そんなことより家へ戻りなさい。『鬼城会』なんざ、じきに片をつけてやる」

「頼もしいこと」

蓮香は近づいて、嘉次郎の腕に白い腕を蛇のように巻きつけた。

「でも、あたし一応、女でしょ。今頃になって怖くなってきたわけ。ね、少し一緒にいて。安心できたら帰るわ」

「わしゃまだ用があるんだ」

「『鬼城会』の組員狩り？　大丈夫よ、一時間もあれば、ね？」

すり寄せてきた肢体《したい》の艶《なま》めかしさよりも、その内側から感じられる熱い波動が、嘉次郎の鼻の下を、だいぶ伸ばさせた。

人型のかがやきを、数名の白衣姿が取り囲んでいた。

〈メフィスト病院〉三階に位置する会議室である。五〇畳ほどの中心に腰を下ろしたメフィスト以外は、すべて院内各科のトップたちであった。

何名かは顔見知りだが、半数は初対面である。同じ病院で何たる怠慢《たいまん》。しかし、彼らの仕事は病めるものの救済であって、会議でも会食でもない。それらによって職務遂行《すいこう》に支障を来《きた》すのなら、一斉《いっせい》の出席は無用——白い院長の厳然たる意思の下《もと》、彼らは同僚の名も顔も知らずに治療に励み、そして今日、院長の命《めい》による緊急招集を受けて、一堂に会したのであった。

全員が着席すると、白い院長は挨拶《あいさつ》もせずに、空中に一連の数字を浮かばせて、

「本日、私が収容した後藤佐助なる集合型墓地の職員から導き出した彼個人のエネルギー総量だ。死亡推定日まで、彼はこれだけのエネルギーを生産することになる」

「ちょっと待ってください、院長」

呆然たる顔顔顔の中から、比較的若い——三〇代の医師が呼びかけた。内科部長の基《もとい》であった。

「この数字は——失礼ですが、常識を超えています。これですと、彼ひとりで〈新宿〉の年間エネルギー消費量をまかなってしまいます」

居並ぶメンバーからすれば、児戯《じぎ》のような言葉であった。しかし、誰ひとり笑いもせず、納得したふうもなく、発言者ではなく、空中の数字を凝視《ぎょうし》し続けている。

〈新宿〉の年間エネルギー消費量——それがどんな意味を持つか。全員が知悉《ちしつ》していたのである。

〈新宿〉のそれは、人間の消費するエネルギーと妖《よう》物《ぶつ》たちの消費量の総和である。人間の分だけでも、〈区外〉——すなわちこの国全体の一〇〇倍を優に超える数値になるのが、妖物の分は、そのさらに一〇〇倍——単純計算でこの国全体の消費量の一万倍に達するのであった。

一個人がそれを消費する——すなわち、発生させ

るとすれば、当該人物と同種の人間が一〇名も集まれば、そのエネルギー総量は、地球のみならず太陽系にも異変を生じさせ得るものとなる。〈新宿〉誕生以来、かくも凄まじい数量の恐怖が天地を覆《おお》ったことは一度もない。

ひとりが片手を上げた。中年過ぎの外科部長である。

「この患者《クランケ》は、いかにしてかような身体になったものでしょう?」

メフィストは即答した。

「永久機関によってだ。それを完成させた財宝《たから》八州美は、かつてここの患者であった」

3

「すると――この後藤なる患者の奇怪なエネルギー体系は、我が病院を逃亡した、これも患者の手によって成立したものであり、なおも彼のような人物が生み出されると考えてよろしいのでしょうか?」

「他にあるまい」

メフィストの返事は全員を凍りつかせた。

「彼らが真っ当な人間性を維持し得るならば問題は何もない。だが、無限大に近いエネルギーを手にした者は、例外なく破壊衝動に身を委《ゆだ》ねてしまう。これは人間が人間である限り、永遠に変わるまい。本日、諸君に参集願ったのは、後藤のような人物があと何人出現すれば、銀河全体を破壊し得るか知っておいてほしいのと、いかにしてこのエネルギー体系を破壊し、世界を安寧《あんねい》に保つか考え出してほしいからだ。これは単一の部署の問題ではない。我が病院《から》のあらゆるセクションが手を結び、神経細胞を絡め合って早急《さっきゅう》に結論を出してもらいたい。後藤に関するデータはすでに君たちの脳にインプットされている」

ひと呼吸おいて、メフィストは解散を宣言する予定だった。

耳の中に、

「お客様です。米国防総省より派遣されたと仰《おつしや》っていますが」

「第一応接にお通ししたまえ」

解散宣言は、この後だった。


三人の男たちは全員、穏《おだ》やかな雰囲気を高級なスーツに包み込んでいた。全員サングラス——当然だ。

「初めてお目にかかります、ドクター」

リーダーとわかるひとりが微笑を見せた。ホーム・ドラマに出てくる良識ある父親としか見えない。あとの二人は軽い会釈《えしやく》だった。全員ドクター・メフィストについて無知としか思えなかった。

メフィストは椅子《いす》をすすめて、

「『核耳《コア・イアー》』のドーダン二局長、わざわざのおいでとは恐縮ですな」

と言って、人の倍はありそうな大きな顔を愕然《がくぜん》とさせた。

「よく『核耳』と私の名を。米軍の中でも知っている人間は十指に足りません」

「知りたがらない者が多いのでは？　『核耳』の名とともに」

「仰《おお》せの通りです」

巨大な顔は、すでに落ち着きを取り戻したばかりか、不敵な色さえ湛《たた》えていた。

「こちらへ伺《うかが》ったのは、〈新宿〉で生じた重大なる事態——この星のみか宇宙の存亡に関わる大事に、ドクター・メフィストが絡んでいるとの連絡を受けたからです。でなければ、すべては極秘に処理していたでしょう」

「御国の自慢——〝世界平和のための軍事介入〟かね」

「——われわれがこちらへお邪魔したのは、まず、ドクター・メフィストに敬意を表するためなのです」

「よけいな真似はするな——とやら？」

局長は、にっと笑った。鮮明なほど白い歯並みだった。

「いいえ、ご協力願いたい」

「ほお、『核耳』の代表ともあろう者が？」

「正直、我が『核耳』にとっても、〈魔界都市〉はある意味不可解な、不気味な存在なのです。かつて、二〇名近いメンバーを送り込みましたが、誰ひとりまともなレポートひとつ寄越さぬまま、失踪《しっそう》いたしました」

「二三名だ」

とメフィストは言い、静かに局長を見つめた。

「失踪先も分かっている。お知りになりたければ」

「いや——結構」

と局長は答えた。断わったのは、全身が急速に冷えていったからだ。白い医師の眼差しのせいなのか、答えを聞いたあとに控えている何事かのせいなのかはわからない。


「今回の件では、そのような事態を再現せぬよう、万全の準備で臨《のぞ》みます。『核耳』に損害も失敗もありません。ですが、万全にはさらに万全を期さねばなりません。そして〈新宿〉のすべてを体現されていらっしゃるドクター・メフィストのお力添えを願いたいのです」

「その必要はあるまい」

局長の表情が変わった。疑惑ではなく、やはりな、という不気味な納得と——ねじれた怒りの表情であった。

その眼がメフィストの眼と合った。途端に、濃緑のサングラスの奥で、局長の気力が霧消したのである。

「この国は御国の属国かもしれんが、〈新宿〉は違う。大国の論理で推《お》し測《はか》らぬことだ。すでにあなた方のことは、すべて知られている」

「ほう、あなた以外の誰が？」

「この街が、な」

「それが、アメリカの使節を迎えるご挨拶とは残念ですな」

局長は立ち上がった。

「ここへ伺ったのは、穏便《おんびん》に事を運ぶためでした。我々のほうもすでにあらゆる方面へ根廻しは済んでいます。あとで後悔なさらなければいいが――ドクター・メフィスト」

「米国防総省の根廻し――〈新宿〉が受け入れたかね？　『核耳』のお手並み拝見といこう」

局長は、一刻も早くこの部屋を退去したくなった。


院長室へと廊下を進むメフィストのかたわらに、いつの間にか副院長が歩を揃《そろ》えていた。

「米国防総省に大きな動きが生じていると聞きました」

何処から？　誰から？

「『核耳』とは初耳ですが」

「ペンタゴンの黒い切り札だ」

とメフィストは歩みを止めずに言った。二人の前には、果てしなく長い廊下が続いていた。

「〝あらゆる事態の核心に身を置き、耳を澄ませて任務を遂行する〟――眼さえなければ、万象《ばんしょう》の核心に迫れるということだな」

「ごもっともです」

「それ故《ゆえ》に、『核耳』に選ばれた者たちは、米軍きっての強者《つわもの》たちを遥《はる》かに凌駕《りょうが》する精鋭揃いだ。その数は一〇〇にも満たん」

「それはそれは」

と副院長は微笑した。それから――

「やはり只者《ただもの》ではありませんな、あの医師は」

〈早稲田ゲート〉へと向かう豪華なリムジンの中で、三人のうちのひとりが、局長に話しかけた。

「一緒にいる間、何かこう、背すじが冷たく感じられて仕方ありませんでした」

「たかだか、ちっぽけな極東の島国――その一都市の中のささやかな一区――そこの住人のひとりだ。恐るるに足らん」

最後の一句が、彼も同感なのだと告げていた。すなわち、骨の髄《ずい》まですくみ上がっている、と。

「局長」

三人目が静かに口を開けた。どこかメフィストに似たイメージがあった。

「はっ」

局長は自分の右隣《どなり》にかけたその姿へ、ひどく怯《おび》えた眼を据《す》えた。先に車へ乗り込んだのは、その男であった。ハンドルは運転手が握り、もうひとりが助手席だ。

「実に面白い医者だ。あれは魔法医者《ウィッチ・ドクター》だぞ」

「はあ」

「この私が、同席している間中、震えが止まらなかった。あれはこの世のものではないぞ」

「…………」

男は面長《おもなが》の顔をひと撫《な》でして、汗を拭《ぬぐ》った。

「国防総省はミスを犯したのかもしれん。我々はこの街に係わってはならなかったのかもしれん。だが、今さらどうにもならんことを私は知っている。そして喜んでおるのだ。局長、『核耳』の実働部隊は、ひとりも生きて帰るまい」

「…………」

「だが、私の手になる『大地《ランドマスター》』の兵員なら別だ」

「それは――いけません。断じてNOです。大統領からも、出動はならんと固く――」

憤然《ふんぜん》たる局長の鼻先で、一枚の便箋《びんせん》が揺れた。

その末尾に焦点を絞《しぼ》って、局長は眼を剝いた。

「これは、大統領のサイン？――間違いない」

「出動は許可された」

男は眼を閉じて、感慨深げに言った。

「この世の果てるまで、地の底で待機する運命と思っていたが、誕生から十×年、天上の眼はようやく地底の報《むく》われぬ者たちに向けられたと見える。今回の事態に対する大統領の認識は、政府の誰よりも的確だ」

「いかん」

車内に局長の声が、幽鬼《ゆうき》のように流れた。

「――それだけはいかん。あいつらを世に出してはならん……私は大統領に進言するぞ」

彼は内ポケットからペンシル状の通信機を取り出して、スイッチをONにした。

ぐらり、と車が揺れた。

「どうした、バクスター!?」

「――地震です」

と運転手が答えた。

「まさか――〈魔震《デビル・クエイク》〉か?」

「かもしれんな」

と男が満足そうに言った。

「君も知っているはずだぞ、局長。〈新宿〉の生みの親――〈魔震〉がそれだということを?」

「もちろんです……しかし……」

「ミサイルにはミサイル、化物には化物、そして、〈新宿〉には〈新宿〉だ。この街の誰よりも〈新宿〉の核心に近い存在ほど、〈新宿〉での呪《のろ》われた戦いにおいて、勝利に近い者があると思うか?」

「それは……ですが……その戦いは、戦ってはならないかと。共倒れになったら――」

「その心配はない。〈魔震〉のエネルギーを授《さず》かった兵士は必ず勝つ」

「勝つとは、どんな状況を指《さ》すのでしょうか?」

局長の声は凄惨《せいさん》さを帯《お》びた。

「マスタートン博士、私はあなたの胸の裡《うち》を考えるのが恐ろしい。あなたは、勝者のもたらすものは、我が国の、いや、世界の利益だと信じていらっしゃいますか?　いいや、私の見るところ、あなたの勝利とは世界の――」

「暴言はそこまでだ」

男――マスタートン博士の右手が、局長の肩に置かれた。

「局長——これは知らんだろうが、この私も、兵士たちと同じ〈魔震〉の力を備えている。彼らから分け与えられたものだがな」

局長は通信機の先を口元に近づけた。

通信機が小刻《こき》みに震えた。いや、それは手にした局長の震えだった。

彼は声を上げようとしたが、言葉にはならずにしぼんだ。

ごそっ、と皮膚と肉が落ちた。服と内臓も続いた。

白骨だけが残ったが、それもたちまち崩れて、白い塵《ちり》がシートを埋めた。

「これが〈魔震〉の真実だ」

マスタートン博士は、冷ややかに助手席の男を見た。

「君はどうする?」

「ご協力します」

と男は答えた。

「結構だ、グレアム君。それでは、車を戻して、『核耳』の本部へ向かってもらおうか。これから、永久機関獲得作戦の指揮は、このロングレイ・マスタートンが執《と》る」

運転手が一も二もなくハンドルを切った。

「待て」

とマスタートンは止めた。

「いま思いついた。私は私なりの『大地』の本部を造営することにしよう。まっすぐやりたまえ」

車は〈早稲田ゲート〉をくぐった。二〇〇メートルの橋の中央まで来たとき、マスタートンは停《と》めろと命じた。

第六章　光は語る

1

リムジンを降りて、男は安全柵《さく》に歩み寄り、隙間《すきま》から下方――〈亀裂〉を覗《のぞ》き込んだ。

「おお……身体《からだ》の芯《しん》から燃えそうだ。〈魔界都市〉を作り出したエネルギーが、体内を巡っていく。わかるか、局長……おお……〈亀裂〉の底に渦巻《うずま》くエネルギーが私を呼んでいる……そうとも、私もそう思っていた……いま行くぞ……私はそこで……『大地』を支配する……」

彼は柵に手をかけた。

グレアムが止めようとしたが、遅かった。三メートル超の柵をやすやすと越えて、マスタートンの身体は向こう側へ落ちていった。

今なお妖気噴《ふ》き上げる地の虚空《こくう》ともいうべき〈亀裂〉の底へ。


そのラブ・ホテルは鳴動を続けていた。

ホテル自身が震え、きしみ、悲鳴を上げているのである。

三階にあるひと部屋がその元凶であった。

あまりに内側の行為が凄《すさ》まじいのである。

最初は壁を通して、女の喘《あえ》ぎが洩《も》れ聞こえていただけなのが、すぐに絶叫に変わり、壁をぶち抜かんばかりの打撃音が加わり、それから部屋中を破壊音が駆け巡って、終《しま》いに部屋が――建物自体が揺《ゆ》れはじめたのである。

よくある奇人科学者の実験でも、テロリストの失敗でもない。単なる男女の情交が度を越しているのである。

これで逃げ出せば普通の街だが、〈新宿〉の客たちは、あられもない姿で、問題の部屋の前へ集まりはじめた。

「やりますなあ」

惚《ほ》れ惚《ぼ》れと首を傾《かし》げる全裸の中年男の隣《となり》で、こ

れも素っ裸のおっさんが、

「いや、まったく。こんなロコツなのは久しぶりですなあ。実にダイナミックですよ——どうです、一本？」

「こりゃどうも」

と「ハイライト」を一本取ったところへ、

「あたしも、いい？」

色っぽい声が一本抜いた。バス・タオルを巻いた若い女であった。

「わたしも」

こちらは中年の女であった。若いのにも負けない美貌《びぼう》だが、やや垂れ気味の乳房を隠しもせずにいるのが、中年の星だ。

その間も、揺れるホテルは、悲鳴を上げ続けている。

「しかしもう、一時間近くこのままですよね」

とハイライト男がパッケージを握り潰《つぶ》して、中年男に訊《き》いた。

「ああ。よく保《も》つわなあ。まるで殺し合いだ」

「なんか、変な気分になってきちゃったわ」

若い女が中年男を見つめた。眼が潤《うる》んでいる。

「この頃、あたしたち、マンネリ気味なのよ。どう小父様《おじ》？」

明らかな誘惑に、中年男はきょとんとしたが、すぐ、

「お、おお。おれはいいけどよ——あんたのお連れが」

とハイライト男へ眼をやった。

「いいんじゃないスか」

男は中年女の後ろに廻《まわ》って、豊かな乳房を持ち上げた。女が、あン、と洩らした。その首すじへ男が唇を這《は》わせて、

「うちも倦怠期《けんたい》なんで、そちらさえよければ。奥さん、好きものらしいし」

中年女の手は、腰の後ろに廻って、男のものを掴《つか》みしめていた。

「なら、チェンジということで」

中年男が、にんまりと若い女の口にかぶりついた。

凄まじい淫蕩《いんとう》の表情を浮かべたまま、四人はそれぞれの部屋へ戻った。

ドアを開いて、中年男は、向かいの部屋へ入る途中のハイライト男へ、

「断わっとくがね、その奥さんは、わしの女房じゃないよ」

と声をかけた。

「え？」

眼を剝《む》いて、周囲を見廻すハイライト男の鼻先に、まだ残っているギャラリーの中から、ひときわ巨大で凶暴な面構《つらがま》えが、ぬうと立った。

大きく揺曳《ようえい》する建物の中で、ささやかなもうひとつの揺れと悲鳴が生じた。

ベッドの上で、平べったいナマコのように突《つ》っ伏《ぷ》した女が、

「死ぬかと思った」

糸のような息を吐いた。

「――でも、やっと解消できたわ。ねえ、また会ってくれるわよね？」

白い生腕《なまうで》が蛇のように、仰向《あおむ》けに横たわる老人のものを摑んだ。それはまだ熱く息づいていた。

「凄《すご》いわ……このホテル……崩れるかと思ったのよ。なのに……まだできるの？」

「あんたは駄目らしいが、わしはまだまだ保つ。このホテルへ入ってからは、いっそう力が漲《みなぎ》ってお るぞ」

「あたしは、前からだけどね」

「ほう。原因はあるのか？」

ごついやくざ二人を投げ殺した女のパワーに、老人――湯間嘉次郎も感心したらしい。

「そうねえ」

女――蓮香は眼を細めて記憶を辿《たど》った。

「わかった」

と言ったのは、数秒後であった。

「ふむふむ」

興味津々《しんしん》たる眼差《まなざ》しの老人を残してベッドを下り、ソファの上に置きっ放しのハンドバッグから、透明の円筒を取り出して戻ってきた。

「これを失敬してからおかしくなった感じよ」

蓮香は唇に指を当て、

「あたし、空巣《あきす》なのよ」

その告白に、嘉次郎は眼を白黒させていたのだが、すぐに円筒へ眼をやって、

「これをどこで？　こいつのおかげで、わしは死から甦《よみがえ》ったんだ」

今度は蓮香が眼を白黒させて、

「どーゆーこと？」

「わしもよくわからんが、この機械は人を元気づける働きがあるらしい。精神的だけじゃなく、肉体的にも、な。おかげでわしは死から甦り、あんたは素手でやくざをぶち殺せた。おい、スイッチを切っておけ。この機械の効果域はかなり広い。このままにしておくと、みなスーパーマンになっちまうぞ」

蓮香は慌《あわ》ててスイッチを押して、筒の内側の動きを止めた。

「貸してくれ」

と手に取り、しげしげと眺めて、

「こんなものがなあ」

それを、こちらもじいっと見つめていた蓮香が、欲望に飢《う》えた表情で、

「ねえ、それって、あたしたちみたいなスーパーマンを作れるの？」

と訊いた。

「そういうこったろうな」

「そっか――失礼」

ぱっとひったくって起き上がり、途端に膝《ひざ》が崩れて、ベッドから落っこちた。

「落ちても痛くない。でも、落っこちたということ

は、小父さん、あたしより凄いんだ」

「そうなるのお」

嘉次郎は鼻高々である。別のものも高々と天を仰いでいる。

「だがのお」

ひょいと起き上がり、ベッドから下りて、蓮香の手から、円筒を取り上げた表情は、ひどく生真面目《きまじめ》で謹厳なものであった。

「これは、この世にあってはならん品だろうて」

「何言ってるのよ」

蓮香は起き上がろうとしたが、今度は手に力が入らず、床の上でじたばたしはじめた。

「わしも初めは有頂天《うちょうてん》だったが、考えてもみろ、死人が生き返るなんて、ドクター・メフィストですら不可能な芸当を、こんな機械が一発でやり遂《と》げてしまうんだ。真っ当なこっちゃない。人は死ぬ——これが当たり前だ。それが狂っちゃいかん」

「あんた、それでも〈新宿〉の住人？」

床の上で蓮香がじたばたしながら嘲笑《ちょうしょう》した。

「ちょっと外出て、その辺の路地を覗いてごらんなさい。幽的《ゆうてき》だの半腐《はんぐさ》れゾンビだのが、幾《いく》らもうろついてるわよ。あたしたちが生き返って何が悪いのよ。この街にふさわしいイベントじゃないの。ここは〈魔界都市〉なんだからね。死の国から戻ってきたくらいで、モラリストになるんじゃないわよ」

「そらまそうだが」

嘉次郎は旗色が悪い。

じっと円筒を見つめていたが、

「やはり、これはこの世にあってはならぬ機械だ。わしが処分しよう」

「ちょっと。それはあたしが拾ったのよ。返しなさいよ！」

伸ばした蓮香の手と、鉤爪《かぎづめ》のような指とを無視して、嘉次郎は着流し姿に戻り、円筒を摑んだ手は懐《ふところ》に、

「じゃな、姐《ねえ》さん。短い縁だったが、達者でな」

台詞《せりふ》も粋《いき》にドアに歩み寄ったところへ、隣室との境《さかい》の壁が吹っとんで、全裸の男が嘉次郎の足下《あしもと》に叩《たた》きつけられた。ハイライト男だ——と言っても、嘉次郎にはわからない。

全身打撲どころか全身骨折でもおかしくないハイライト男が、すぐに起き上がったときは、さすがに、ほおと唸《うな》った。手にした円筒に目を落として、

「やはり、こいつのせいか」

そのかたわらへ巨大な影がやって来て、

「この間男《まおとこ》が」

ハイライト男の首を摑んでネック・ハンギング・ツリーをかけた。

「それじゃ、お二人さん」

挨拶《あいさつ》して、嘉次郎は外へ出た。

「わしが持っていても仕方がないし、下手《へた》に壊してドカンといくのも怖い。やはり、ドクター・メフィストになんとかしてもらおう」

ラブ・ホテル街から〈メフィスト病院〉は近い。


老人は飄々《ひょうひょう》と歩き出した。

〈旧区役所通り〉の一本裏手を半《なか》ばまで下りたとき、待てえと金切《かなき》り声《ごえ》が追ってきた。蓮香である。

「うるさい女だな」

嘉次郎は足を速めた。

「待てえ」

声と足音はそれより速い。たちまち首すじへ息がかかるほど縮《ちぢ》まった。

「このお」

とふり返る、その視界いっぱいに鬼女《きじょ》の形相《ぎょうそう》が広がる。

それが弾《はじ》けた。

西瓜《すいか》のように、血と脳漿《のうしょう》と化して四散した頭部は、老人の顔と衣裳《いしょう》にも飛沫《しぶき》を貼りつけた。

「何をしやがる!?」

喚《わめ》いた眉間《みけん》に、ぽっと小点が穿《うが》たれるや、糸の切れた人形のように、老人がへたり込んだ。

間髪《かんはつ》を容《い》れず、後方から尾行していたサイドカー

が走り寄って、サイドのひとりがとび降り、嘉次郎の上に屈《かが》み込んだ。

懐に手を入れ、

「あったぞ！」

叫んだ途端、ぐえ、と呻《うめ》いた。

青すじと老人斑《ろうじんはん》の入り乱れる腕が、殺人者の喉《のど》に指を食い込ませたのだ。

「ほおれ、この畜生《ちくしょう》めが。人の頭を射《う》ち抜いたら、挨拶《あいさつ》ぐらいせんか」

みるみる青紫色に変わっていく顔に、にんまりと白い歯を見せて、嘉次郎は素早く、左手の人さし指を眉間の射入孔に突き入れた。

窒息寸前の苦しみも忘れて、男は眼を剝いた。

「ほれ」

軽いひと搔《か》きでほじくり出されたのは、潰れた弾頭であった。

「殺しは相手を見てからにせい」

抜き取った弾頭を、老人は右方へ放った。それは凄まじい速度で、大型の自動拳銃をこちらへ向けたバイク・ライダーの眉間を射ち抜いて後頭部から抜けた。

手首のひと捻《ひね》りでサイドカーの男の首をへし折ると、嘉次郎は立ち尽くす首なし女を哀《かな》しげに見つめた。

「まだ死ねんか。だが、わしの見たところ、おまえは成り損《そこ》ないだ。じきにあの世へ行ける。達者でな」

嘉次郎は、それから二人の死体を見下ろし、

「こいつらは何者だ？　いや、面倒だ。これもドクター・メフィストに任せよう」

2

何事もなかったように坂を下っていく着流し姿を、通行人が呆然《ぼうぜん》と見送った。

見送る者は、もうひとりいた。

「こちら『核耳《コア・イアー》』15。しくじった。12と4は死亡。標的は脳を射っても死なん。本物の不死者だ」

「こちら『核耳』8。了解。すぐに戻って次の作戦に備えろ」

「了解」


　二つの死体が転がり、首なしがうろつく路上に、ようやく人々が集まり、

「面白《おもしれ》えぞ、この姐ちゃん」

　と手を叩き、口笛を鳴らしはじめたとき、サイドカーの座席とかたわらの死体が、ふっと起き上がった。

「おお!?」

　とどよめいたものの、恐怖より手品でも見たような驚きのほうが強いのは、この街ならではだ。

　二人の男は、ちらと女を見たきり、他の見物人には目もくれずサイドカーに乗って坂を下りていった。

　見送った見物人が、ふたたび首のないほうへ眼をやったとき、ここで束《つか》の間《ま》の不死身の生命《いのち》の糸も切れたか、彼女はもう一度崩れ落ち、そのまま動かなくなった。


　円筒と老人を前に、メフィストは沈思黙考《ちんしもっこう》の状態に陥《おちい》った。

「わしよりもあんたが持つほうが、世界に対する責任が取れるような気がしたのでな」

　と嘉次郎が声をかけたのは、一分ほどしてからだ。診察室である。

「確かに。これは処分すべき品だ。未完成品とはいえ、死者を甦らせるとは、さすが財宝《たから》八州美。確かにお預かりしましょう」

「オッケ。これで少しは気が楽になるわい。それでは失礼するよ」

　立ち上がってから、遠い眼で白い医師を見て、

「――わしはこれからどうなるのかね?」

と訊いた。

「つまり――いつまでもこうやって生きていられるのか、それとも、やはり限りがあるのか？」

「いつかは」

メフィストは即答した。

「ただし、その時はわかりかねる。天命というしかありません」

老人は苦笑を浮かべた。

「やっぱりな。そんな気はしておったんだ。だが、もうしばらくは保《も》つだろう。この街で害虫というのもおかしいが、〈新宿〉には〈新宿〉の筋の通し方ってもんがある。それに眼もくれねえ奴《やつ》らは、片づけちまわねえとな」

「お気をつけて。私が必要なときは、いつでもご連絡を」

「いいや、もう充分だ。わしはやっぱり、こっち側の人間じゃあない。先生は、真っ当に生きてる人間の面倒を見てやっておくんなさいよ」


老人は去った。

一本の電話がメフィストのもとへ届いたのは、そのすぐ後であった。

「外谷《とや》です、ぶう」

と電話は言った。

「見つかったかね？」

「〈弁天町〉近くの廃墟《はいきょ》に、それらしいおっさんがいるわさ、ぶう。正確な住所はね――」

聞き終わるとすぐ、メフィストは、

「感謝する」

と告げた。

「あのさ、ぶう」

珍しく、次があった。

「どうしたね？」

「何か、おかしくない？」

〈新宿〉一の太った女情報屋の声には、不安の翳《かげ》が色濃く漂《ただよ》っていた。

「今まで、とんでもない奴らが〈新宿〉へやって来た。ここを丸ごと吹っとばすくらいのエネルギーを持っている奴らもいた。〈新宿〉の内部《なか》からだって、想像もつかない連中が現われ、この街を危険に追い込んだ。けど、こんなに胸騒《むなさわ》ぎがするのは、初めてだよ。荷物をまとめたら、あたしゃいのいちばんに〈新宿〉を出るからね。ぶぅ」

「気をつけてな」

メフィストは窓へ眼をやった。

窓外には闇が敷きつめられていた。その中に幾《いく》つもの顔が浮かび、メフィストを見つめていた。

人の顔もあった。異形《いぎょう》の顔もあった。若い顔、老いた顔、崩れた顔、歪《ゆが》んだ顔、狂った顔、死者の顔——そのどれもが、こう訴えているのだった。

怖い
と。

〈新宿〉はどのような運命を迎えようとしているのか？

メフィストが診察室を出ようとしたとき、インターフォンが鳴った。

左手が上がって、空中に受付の看護師を描き出した。

「どうした？」

「急患が続々とやって来ます。この数は異常です」

「原因は何だね？　怪我人《けがにん》か？」

「いえ、精神的な変調と思われます」

「思われる？」

「——みな、こう訴えております。怖い、と」

「その原因は？」

「みな同じです。わからない、と」

空中の映像が、ホールを埋めた人々に変わった。

怯《おび》えきった——というほどでもない、曖昧《あいまい》な恐怖の表情を浮かべたおびただしい顔が、四方を見廻している。何処《どこ》かから何かが自分たちの様子を探《さぐ》っている、とでもいうふうに。

人々は奥へと流れた。次々に外から進入してくるのだ。じきに前庭も煮えくり返る騒ぎになるだろう。

「第二ホールを開けたまえ」

「承知いたしました」

看護師の声には、わずかなためらいがあった。その存在を知ってはいても、使用するのは初めての体験なのだ。

見上げるメフィストの前で、みるみる人々の数が減っていった。水が排水孔に吸い込まれるように画面の端へと消えていく。第二ホールとはどれほどの人数を収容できるのか？

最後の来訪者が現われるまで、五秒とかからなかった。

「〈区民〉は感じるか」

メフィストの脳裡《のうり》に黒ずくめの美貌が浮かんだ。

「君はどうだね？」

返事は無論、ない。

影絵のような、しかし、圧倒的な危機を前にして、白い医師が思い浮かべた顔は、ひたすら美しく冷たかった。

「僕などとは言うまいな」

そして、メフィストは診察室を出た。

敷地の何処かから〈旧区役所通り〉へと滑り出たリムジンを、

「ドクター・メフィストの乗用車と当人を確認」

と空中に浮かぶ無音ヘリが、地上へ伝えた。ヘリには乗車した者の姿まで解像する装置が仕込んであるらしかった。返事はすぐあった。

「了解。尾行後、当該者を抹消《まつしょう》する」

「了解。追跡を続行」

こう返したとき〈新宿〉の何処かから、光るものが打ち上げられるのをヘリは見た。

それは降下せず、次第にかがやきを増しつつ近づいてきた。

「回避せよ。攻撃だ」

ヘリは急速に右旋回に移った。

「追尾してくるぞ。〝シーカー〟だ」

「撃墜《げきつい》しろ」

声が重なり、一秒と経《た》たぬうちに、空対空ミサイルが発射された。

「躱《かわ》されたぞ！　なお接近中だ！」

「上昇しろ！」

「向こうのほうが速い。脱出を――」

空中にひとつ火の花が咲いた。

それは鳳仙花《ほうせんか》のように長い炎の花卉《かき》と化して、地上へ降り注いだ。


〈弁天町〉は〈安全地帯《セフティ・ゾーン》〉に当たる。〈新宿〉の御《ご》多分《たぶん》に洩れず存在する廃墟にも、妖物《ようぶつ》は少なく、ほとんど無害なものが彷徨《ほうこう》するばかりだ。

メフィストのリムジン――ロールス＝ロイス・シルバークラウドが到着した時刻は午後九時を廻っていた。

リムジンは走り去った。連絡待ちである。メフィストの戦いに巻き込まれぬ用心だ。

〈安全地帯〉といっても、妖物がうろつく廃墟には、〈区役所〉によって〝立入禁止《キープ・アウト》〟テープが貼られているが、それを破り、或《あ》るいはくぐって侵入し、日常生活を営《いとな》むホームレスや〝流浪者《るろうしゃ》〟たちは後を絶《た》たない。

雨風を凌《しの》げる上に食糧まで確保できる廃墟は、路上生活者には無類の棲家《すみか》なのだ。妖物は食えるのである。

闇に閉ざされた空気の中にも、それを焼いた匂いが残留していた。

入ってすぐ、メフィストはケープの内側から右手を出した。人さし指と親指が針金をはさんでいる。

親指を軽く動かすと、一〇センチほどの針金が地に落ちた。

それは尺取り虫のように曲がって――伸びた。伸縮を繰《く》り返しながら、前進を開始する。メフィストがそれを追った。

廃墟の西の端にある岩塊の前で、メフィストは足を止めた。

　月が寂しく照らし出した表面は、コンクリでもアスファルトでもなく、花崗岩《かこうがん》のようだ。そんなものが、ここにあるはずがない。しかし、あるのが〈新宿〉なのだ。

　卵形の大石を真ん中から割って、一メートルほど左右にずらす――その一メートルの空間に、何処かから拾ってきたらしい木製のドアがついていた。

　ドアに近づき、メフィストは軽くノックをした。

　打てば響く――ドアは蝶番《ちょうつがい》をきしませつつ開いた。

　財宝が立っていた。手には古めかしいランプを提《さ》げている。

「これは――ドクター・メフィスト。病院にいたときは、お目にかからなかったというのに、ささやかなわが隠れ家《が》で拝顔の栄に浴せるとは光栄だ」

　メフィストはにべもなく、

「君の担当は副院長だった」

「まあ、お入り」

　細くて狭い背中を向けて、財宝は石段を下りていった。石段？　嘘《うそ》ではない。確かに石の階段が下へと続いている。

　一〇段ほど下りると、地下室が待っていた。正しくは広場だ。一〇〇人も整列できそうな空間に、木工台がひとつ――その上に、何処かから掻き集めてきた工作道具が載っている。それが、あの円筒に関係するとは思えない、中学の技術家庭科にふさわしい幼稚な品ばかりだ。

「かけたまえ」

　と財宝は隅のソファを指さした。これも何処かから拾ってきたらしい、破れた穴からスプリングがとび出しているような品である。

「気を遣《つか》わずにいたまえ」

　と白い医師は言った。

「私と一緒に帰るつもりは――あるまいな？」

「あと三日貰《もら》えれば、従おう」

あっさりと財宝は答えた。

「三日で、世界を破壊するつもりなら、神より倍速い」

「宇宙をだ」

財宝は笑顔になった。新しいオモチャを手に入れた幼児のように邪気のない笑みであった。

「みなと同じ笑い方だ」

とメフィストは結論した。

「みな？」

「私の病院に、世界を破壊しようと企《たくら》む者たちが、何人いるかご存じかね？　彼らにその目的の話をすると、みな、君と同じ笑い方をする」

「そんな妄想狂《もうそうきょう》どもと同じに扱わんでもらおう」

財宝は顔をしかめた。

「私は常に地に足をつけて歩いてきた。永久機関の完成はその証明だ。宇宙の破滅はこの地道な歩みによって、初めて可能となる」

彼はポケットから紫色に光る円筒を取り出した。発光だけ別にすれば、未完成品と少しも変わらない。

「これこそが永久機関だ。ドクター・メフィストよ、この街の――〈魔界都市〝新宿〟〉の全エネルギーをもってしても、この一本のメカにしかず」

財宝はまた笑った。今度は別の、遥かに邪悪な笑みであった。

瞳の中に、メフィストが映《うつ》っていた。

3

「万物《ばんぶつ》は流転《るてん》するとギリシャの哲学者は説《と》いた。すべては変転の一相《いっそう》に過ぎぬと東洋の賢者は言った。だが、彼らは流転変転の真実を知らなかった。変わらざるものはない。それが真実ならば、永劫《えいごう》ですら変わる。不変ですら変じる。エネルギーだよ、ドクター。エネルギーは常に変転し、永劫にすら挑む。

それは、永劫さえも蝕《むしば》み、消滅させてしまう。ドクター、私は興味深い事実に気がついた。エネルギーの照射は、万物の真の姿を明らかにするのだよ」

財宝は、手の中のメカニズムを前方——メフィストの方へ突き出した。

「ドクター・メフィストの真の姿が暴《あば》き出される。これほど楽しい見世物《アトラクション》はあるまいて」

メフィストが前へ出た。もう一歩を紫の光が撥《は》ね返した。

「すでに始まっているぞ、ドクター・メフィスト。その美貌の奥に秘められた真の姿を、今、私だけに見せるがいい」

部屋に光が広がった。

その中で、メフィストはケープで顔を覆った。

「ほお、壁に映っているぞ、ドクター——ほお、この影は」

す、と声が低まった。息を呑《の》んだのである。

音をたてて、円筒が床に落ちた。


「……まさか……まさか……メフィストよ……これがおまえの……」

彼は尻餅《しりもち》をついた。抵抗も示さなかった。身体から欠かしてはならないものが抜けてしまったのだ。

ぱくぱくと開いた口が、まさかまさかと繰り返すうちに、メフィストは床に落ちたメカを手に取って、スイッチを切った。

その刹那《せつな》、地下広場は爆発した。

エネルギーは石塊《いしくれ》と化して天地をどよめかせた。

消滅した天井から、男が二人舞い下りてきた。

どちらも濃紺《のうこん》の戦闘服に身を包んで、レーザー・カービンを手にしている。一メートルのライフルの銃身と銃把《じゅうは》を切り詰めた品だ。

爆発の衝撃をどうやり過ごしたのか、メフィストは立ち尽くしたままだ。その全身に赤点が点《とも》った。

火花が躍り、黒煙が上がった。

男たちの最大のミスは、ドクター・メフィストをレーザーで何とかできる——普通の人間に近いと思

い込んだことだ。
彼らの間を光るすじが辿った。それは翼を擁《よう》して
いた。服が裂けた。だが、血は噴かなかった。彼ら
はすでに死んでいたからだ。
メフィストは、左の肩に爪を食い込ませて舞い下
りた針金作りの鷹《たか》の頭を撫《な》でた。
二人の敵が床から起き上がった。
レーザーは無駄と見たか、投げ捨てて、腰の大型
ナイフを抜いた。全長三〇センチ――ナイフという
より山刀《マチエーテ》だ。
「死してなお戦う――『核耳』戦闘員か」
刃《やいば》がその首すじへ線を引いた。
動いたとも思えぬのに、それはメフィストの身体
を抜けて空《くう》を切った。
敵の頭上へ針金の鷹が舞い下りた。
両肩に爪を立て、鋭い嘴《くちばし》を頭と顔に打ち込む。
光が斜めに走った。
もうひとりのナイフであった。鷹は左翼のつけ根
から右足の半ばまで斬り裂かれて地に落ちた。
「これはお見事だ。私の鷹を斃《たお》すとは。『核耳』の
精鋭の名は伊達《だて》ではないようだな」
二人目が声もなくメフィストと対峙《たいじ》した。
「鷹はしかし、甦る。そのための手術《オペ》を、君に応用
してみよう」
死者たる男に、その意味が通じたかどうか。彼は
ナイフをふりかぶって躍りかかった。
メフィストの頭頂から腰まで割るはずの刃は、や
はり空気のみを断ち、彼はよろめいた。
両足がぐう、と膨《ふく》らんだ。踏んばったために筋肉
が膨張《ぼうちょう》したのである。
彼はナイフを投擲《とうてき》しようとふりかぶり――投げ
た。
すると右手が肩からずるりと伸びたのである。
それはいかなる神技《しんぎ》の結果であったか？　伸びた
のは肘《ひじ》から先であった。肩と肘とはひとすじの針金
でつながっていた。

突進してきた手首をメフィストは難なく摑み止め、針金を途中で切断した。

もうひとりが宙に舞った。凄まじい軍隊式格闘技——マーシャル・アーツの蹴りが、甦った死者のパワーと筋力を備えてメフィストの顔面へ走った。

空中でその足首を絡め取ったのは、メフィストの手ではなく、針金であった。その端を握っているのはメフィストだ。ひとり目の兵士は床上に引きずり下ろされた。

もうひとりは、自分の腕と闘争中だった。メフィストがつないだ針金は、男の肘から先を寝返らせ、男の首に巻きついたのであった。

二人目の足首に絡んだ針金は、あっという間にそこから切り離していた。死者ゆえに血は出ない。

二カ所の切断面から白い骨が見えていた。針金はメフィストの手を離れて、その中心へ潜り込んだ。

男は立ち上がった。その全身に足首のついた針金が巻きついた。

これがドクター・メフィストの秘技か。針金が男の首を切断しても、首は落ちなかった。それはろくろ首のように、空中へ舞い上がった。二つの切り口は、針金でつながれていた。

それでも、ひとり目は自分の腕と戦いながら、床上のレーザー・カービンを摑んだ。

赤光《しやつこう》がメフィストの眉間を貫いた。

「命中だ」

と白い医師は告げた。

天井からこちらも赤い光が侵入してきたのは、このときであった。

有無《うむ》を言わさぬ速さで、それは二人目の男を頭から呑み込み、灼熱《しやくねつ》した。

かがやきの中に滲《にじ》んでいた影が消滅し、光はもうひとりの「核耳」に襲いかかった。

彼はナイフを投げた。

光はそれを呑み込んでから、男を包んだ。

今度は男が現われた。

右手にはナイフ。その首はなかった。彼はよろめきつつナイフを振るい、二人の敵に斬りつけようとしたが、五度ナイフをふったところで横倒しになった。

「自分のナイフで首を断ったか。名を聞こう」

メフィストが赤光に向かって訊いた。

「『大地《ランドマスター》』のメンバーだ」

鮮《あざ》やかなクイーンズ・イングリッシュであった。

「これはこれは――私も噂《うわさ》のみしか知らぬ特殊工作部隊がついに現われたか」

相手が何人《なんぴと》であろうとも変わらぬメフィストの声音《こわね》であった。

「――では我々の力の素《もと》が何なのかもご存じですな。大人しくその手にしたものを渡してください。そうすれば一瞬で消してさしあげます」

円筒を摑んだ右手を、メフィストは顔の横に上げた。

「問題は、誰がこの持ち主にふさわしいか、だ」

メフィストは円筒を見つめた。

「私……だ」

地の底から這い出てきたような声が主張した。財宝であった。瓦礫《がれき》の下にいたらしい。当然の権利と言えば言える。

「製作者ではあるが、持ち主にふさわしいとは言えんな。邪心が大きすぎる」

「その通りだ」

と赤光も同意した。

「何を言うか。それを作ったのは私だ。破壊することもできるのだぞ」

「それは困った」

赤光が躍った。

財宝の頭上で、地上から光るすじが斜めに赤光を貫いた。

空中で停止し、赤光は静かに、

「何故《なぜ》、邪魔を!」

「この男は、私の患者だ。再び収容するために、だ」

「あなたはどうなさる？」

「わかるのはひとつだ。おまえには渡さん」

赤光の内側から、小さな光の球がメフィストへ射ち込まれた。

美しい真紅《しんく》の球。それがメフィストをよろめかせた。のみならず片膝をつかせた。

「――これは……」

「単なるエネルギー球ですな。ただし、〈亀裂〉内のエネルギーを使用しています」

「おまえたちも――〈新宿〉の落とし児《ご》だった……な」

「そうだ。あと一粒で、あなたは死亡する。その身体でよけられるかね？」

「よけはせん」

そう答えた美貌を、紫の光が染めた。

「その持つエネルギーを際限なく循環《じゅんかん》させたら当人はどうなる？　答えはいま出る」


光球は後退した。メフィストが円筒を向けたのだ。

光粒が走った。

真っ赤なエネルギー塊は、迫りくる紫の波動に吸い込まれ――光はさらに色を濃くした。光粒のエネルギーを放出させているのだ。

赤い光は天井際で停《と》まった。

「今日は引き上げよう。いずれ、また」

そして、天井を抜けて消えた。

「こちら院長だ」

とメフィストはつぶやくように言った。

「〈弁天町〉の×××にいる。今、そこから脱け出したエネルギー塊の帰還場所を探知せよ」

「何だね、それは？」

財宝が床の上で首を傾げた。「核耳」の破壊攻撃で吹きとばされた身であった。

「〈新宿〉の空には、おびただしい個人用情報収集装置が飛んでいる。私のもあるというだけのことだ」

「油断も隙《すき》もないな」

それなのに、財宝を見つけられなかった理由《わけ》は、やはり永久機関によるものだ。際限なく放出されるエネルギーは、装置の探知能力を上廻ってしまったのだ。

「連絡が来る前に、あなたは病院へ戻っていただく」

メフィストは立ち上がり、財宝に近づいた。円筒のスイッチは切ってある。

「さ」

片手を差し伸べた。財宝がそれを摑んだ。

背後から何かがとびかかった。

メフィストの反応が遅れたのは、片手を財宝に与えていたのと、「大地」の攻撃が効果を残していたためである。

円筒がかがやき、ひとつは四散したが、もうひとつは永久機関をかすめ取って、天井へと跳躍したのである。

さすがのメフィストが手も出せぬ速さで、略奪者は闇の中に消えた。

「男と女だった」

メフィストは財宝を見つめた。

「消滅させられたほうは、良太という。女は信子。どちらも、私のこしらえた生ける死者だ。また振り出しですな、ドクター」

弄《いら》うつもりで声をかけ、マッド・サイエンティストは泣いていた。永久機関さえ打つ手はなさそうな怒気がメフィストを包んでいた。為《な》す術《すべ》もなかったか、ようやく彼は知ったのであった。

——この状況が〈魔界医師〉をいかに激怒させる

第七章　生命《いのち》の招く破滅

1

「ねえ、いつになったら出すつもりよ!?——痛《い》ったあ」

思いきり鉄扉《てっぴ》を蹴《け》とばしたが、またも難なく撥《は》ね返された。

スニーカーの靴先を押さえて、湯間めぐみは、もう一〇〇回以上蹴とばした鉄の扉に歯を剝《む》いてやった。

剝いても仕方がない。

「よせよ、もう——無駄だって」

鉄製の枠《わく》にマットレスを敷いただけのベッドの上で、竜彦がとぼけた声を上げた。

「よせって何よ。無駄かどうかやってみなくちゃわからないじゃない」

「もう一〇四回目だぜ。無駄の他に何があるってんだ」

「一〇五回目は開くかもしれないでしょ。えいっ——いってえ〜〜」

爪先《つまさき》を押さえて跳び廻《まわ》るめぐみへ、竜彦は諦《あきら》めきった声で、

「ここにいりゃ、ちゃんと食事は出るし、何もしなくても生きてけるじゃんか。おれ、気に入った。ずうっとここにいてもいい」

「この軟弱者。まだ若いくせに。あんたみたいになったら、人間お終《しま》いね」

「とっくにお終いになってるよ」

こう言って両手を思いきり伸ばしたとき、鉄扉の鍵《かぎ》が、がちゃりと鳴った。入ってきたのは、二人を捕らえた男たち二名を含む一〇人ばかりと、七〇近い外国人だった。黒ずくめである。微笑を浮かべているが、眼が合った途端、めぐみも竜彦も気力がふっと放散するのを感じた。

「お役に立つと思います。マスタートン博士」

とリーダー格らしい年配の男が、老外国人を見

た。

「我が国が出資した『裏発明協会』が、ようやくまともな仕事を成し遂《と》げたらしいな」

老外国人――マスタートン博士は満足げにうなずき、

「湯間めぐみさんだったね。私はロングレイ・マスタートン。少し前まで米国防総省に勤めていた。今は〈亀裂〉の中にいる」

めぐみと竜彦は顔を見合わせた。この爺《じじい》、妄想漢《かん》かと思ったのである。それにしては、他の連中が救世主の前に出たユダヤの民並みに萎縮《いしゅく》しているのが納得し難《がた》い。

博士はじろりと、年配の男を睨《にら》んでから、二人へ穏《おだ》やかな口調で、

「『新宿裏発明協会』は、〈魔界都市〉ならではの妖気とパワーを使って、我が国への兵器的貢献を成すよう設立されたものだ。それがさしたる成果もなく二年が過ぎ、大統領からも撤退せよとの指示が出された。お嬢さん、君は私の下《もと》へ来てもらうことになる」

「え？」

と言ったのは竜彦だ。

「あの――おれは？」

博士の笑《え》みが深くなった。

「君たちに用はない、と大統領も仰《おつしや》ったろう」

すっと、二名が後じさった。

めぐみと竜彦が悲鳴を上げる前に、八人の男たちが右手を腰の拳銃にかけた。

抜くよりも、二人の男が両手を前方へ突き出すほうが早かった。

音も光もない。

八人は、垂直に床へへたり込んだ。プラスひとりも。

「タッちゃん!?」

めぐみが抱き起こしても、もはや生命《いのち》の波動は感じられなかった。

「どうやって？　傷もないのに」

呆然《ぼうぜん》たるめぐみの耳に、

「私と『大地《ランドマスター》』が乗り出した以上、他の組織に用はない」

冷厳な老博士の声が鳴り響いた。

めぐみに向けられた温顔《おんがん》は、感情を消した仮面のようであった。

博士の手に右の手首を掴《つか》まれたとき、めぐみはそこから冷たい毒素が全身に広がっていくような気がした。


信子は〈上落合二丁目〉にある友人のアパートに転がり込んだ。

以前、内緒で合鍵《あいかぎ》を作り、解錠の呪文《じゅもん》も暗記しておいたせいで、あっさりと侵入できた。深夜である。風俗勤めの友人は、仕事に出ていた。

信子は甦《よみがえ》った死者である。あらゆる感情の動きや感覚が、薄紙一枚常人より鈍《にぶ》い。

それなのに、ここまで来る間、異様な官能の昂《たかぶ》りを感じていた。

今すぐ、通りかかった男をホテルに連れ込んでい、いや、道の上でもいい。男なら誰でもいい。三歳児だって勃《た》たせてやる。こらえて何とか来た。

「駄目」

熱い息が畳《たたみ》の上を這《は》った。いつの間にか、信子はうつ伏せの姿勢を取っていた。右手が下半身へ伸びた。

どろどろなのはわかっていた。パンティの上から触れた。

「あおうあ」

獣《けもの》の呻《うめ》きに似ていると思った。

もう止まらなかった。

夢中でこすりはじめた。

「あっあっあっあっ」

リズムに合わせて声が洩《も》れた。

「駄目、これじゃ駄目」

指はじかに触れた。

「おぐぁがが」

尻をふっている。内部《なか》に何かがいるようだ。

いや。いる。

濡《ぬ》れた蜜壺《みつつぼ》の、それも深く深く。

奥に。

「あ、あぐぁがう、あぐ」

信子は身悶《みもだ》えした。

侵入したものは、肉襞《にくひだ》の内側でうねりまくっていた。

音がする。

ぐちゃぐちゃにちゃにちゃじょろじょろ。

――そんな動きをしないで。あ、そこに触れちゃあ嫌《いや》。駄目よ、突くなら貫《つらぬ》いて。そんなんじゃ
――死んでしまう
信子は最も敏感な部分をこすり続けた。そうしなくては負けてしまう。狂ってしまう。


ドアの外で声が上がった。

「きゃあ、何よこれ、蛇ィ!?」

「違う――触手だ。紫だから、〃パープル・スネーク〃だ!」

「ちょっと――後から後から入ってくるわよ、やだあ!?」

「待ってろ。今、ぶった斬《ぎ》ってやる」

女の声で察しがついた。信子の友人が、たぶんお客と戻ってきたのだ。

「やめて!」

信子は絶叫した。

「よけいなことしないで。いいとこなんだから!」

この快楽を邪魔されてたまるものか。

「信子!?」

女の叫びが高くなった。

「――来てたの? 何してんの?」

「うるさい、とにかく、その触手には何もしないで。あんたたちも、今夜はホテルへ行け!」

うわっと男の悲鳴が上がった。

「おう!?」

激しい痙攣《けいれん》が信子を襲った。

足りない。これじゃ、死ねないじゃないの！

信子は外のものをひっ摑んだ。もっと深くもっと奥へ。

その必要はなかった。入ってきた。もう一本。

信子は死の絶叫を放った。

「また、来たぞ」

男の声は震えていた。


〈メフィスト病院〉へ、待ちあぐねていた知らせが入ったのは、深夜二時ジャストだった。

〈上落合〉のアパートに、妖獣《ようじゅう》の〝パープル・スネーク〟の触手が押し寄せ、女性ひとりを犯しまくっている——これが第一報であった。

——女が触手をたぐり寄せ、秘所に呑《の》み込み、全身に絡《から》ませて淫欲《いんよく》にふけっている

と変わった。情報提供者は女性のいる部屋の持ち主で、彼女の友人だった。

「私が向かう。ついて来るな」

院長の言葉はみなを驚愕《きょうがく》させた。まさか、ただの色情狂相手に、〈魔界医師〉が動きはじめるとは。


出かける前に、メフィストは〝特別病棟〟の一室に財宝《たから》を訪ねた。

豪華なホテルのような室内で、不可能を可能に変えた男は、炎のような敵意をたぎらせつつ、ベッドに横たわっていた。

「何の用だ？」

メフィストの方を見もせずに訊《き》いた。

「わしはすべてを奪われた凡人だぞ。何の用がある？」

「落ち着きたまえ」

「世界一、落ち着いているとも」

「逃げ出さぬと誓えば、必要なものを差し入れる

が」

「要《い》らん要らん」

財宝は歯を剝いた。

「わしはもう望みを遂《と》げた。他にすることなどない。あとは余生だ。いいや、それも面倒臭い。いっそいま死んでくれる。毒を寄越《よこ》せ」

「私の患者である限り、治療以外の毒は無理だ」

メフィストは冷たく言い放って、

「見届けずにいてもいいのか？」

と訊いた。

「――何をだ？」

「この世の終わりを。宇宙の破滅を」

財宝の顔を異形《いぎょう》の風が吹いた。一瞬、この世の論理を超越したかのような表情が浮かんで消えた。

それは何処《どこ》かメフィストの顔に似ていた。

「何も言わずとも、その眼が語る。今、永久機関を持ち去った信子なる女の居場所が判明した。これから出向いてこよう」

財宝の傲慢《ごうまん》そのものの顔を、動揺が渡った。

彼は顔を伏せた。顔と床との間で、何か別の世界が生まれつつあった。

少し顔が上がった。細い眼ばかりが異様な光を湛《たた》えてドクター・メフィスト――〈魔界医師〉を見つめた。

「ドクター・メフィスト」

低い、地鳴りのような声であった。それは、地の深い深い――決して果てのない地の底から聞こえるようであった。

「おまえがあれを手に入れたら、どうする気だ？」

「処分しよう」

「本気か？」

「どういうことかね？」

少し沈黙があった。

それから、財宝がこう言った。

「おまえも望んでいる。わしと同じものを」

「何故《なぜ》、そう考える？」

「ドクター・メフィストの名を、人は医師としてしか知らぬ。魔法にも似た奇蹟《きせき》の技をもって、病から救ってくれる医師の尊《とうと》き名前だと」

「……………」

「なにをおいてそのような過《あやま》ちを。ドクターよ、メフィストとは、大賢聖《だいけんせい》をたぶらかし、地獄の快楽を教えた悪魔の名前ではないか」

深夜の病院で、二人は彫像《ちょうぞう》と化したかのように動かなかった。時だけが平凡に過ぎていく。

「悪魔の望みは何だ、メフィストよ？　ドクターの名称が取れたとき、おまえの真の目的が見えてくる。すなわち、世界と宇宙の破滅――とな」

このとき、メフィストの顔は奇妙に白々《しらじら》と見えた。

その中で唇だけが異様に赤く、これも見えた。

ゆっくりとその両端がねじ曲がっていった。

笑いの形に。

ああ、メフィストよ、これがおまえの、心底よりの笑みか？

「左様《さよう》」

と彼は言った。

2

「――と言ったら、どうなさる？」

メフィストの顔は、いつもの冷厳な医師のそれに戻っていた。

「行け！」

財宝は扉を指さした。

「ふと、この世に生まれた運命《さだめ》は異《こと》なるが、その始まりを辿《たど》ればひとつの細胞から生まれた双子《そうし》かと思ったが、違ったか――いい。失《う》せろ。わしはここで生涯を送る」

「そうなさい」

そして、メフィストは去った。

三〇分と経《へ》ぬうちに、白い月輪《げつりん》のごとき姿は、それをかがやかせるにふさわしい闇の中を、〈上落合〉のアパートの一室——その前に立たせていた。

二〇人近い住人が集まっていたが、メフィストを見た途端、みな恍惚《こうこつ》と自《みずか》らを遠ざけてしまった。

「アパートに縁があるな」

メフィストはドアを見つめた。

「中には女性ひとりだけでしょうかな？」

「いえ——信子と——警官が二人」

答えたのは、そばの男の腕にすがった女であった。

「あたしの部屋なんです。そこに友だちの信子が転がり込んで、あたしたちが帰ってきたら、玄関からすうっと何本も触手が入り込んできて——信子がよがってるんです」

「ほお」

「あたしすぐ警察へ電話して——一〇分くらいで来てくれて、中へ。でも、そしたらドアは閉じて——何も聞こえなくなっちゃったんです」

おそらく恐怖の絶頂は過ぎ去ったと思《おぼ》しい女へ、

「どれくらい経《た》つね？」

「そうなってから——やはり、一〇分くらい」

男もうなずいた。どちらもとろけている。

メフィストは廊下の床に残った長いロープのような濡れ痕《あと》を見て、

「触手も中か。下がっていたまえ」

全員に告げて、ドアノブに手をかけた。

すぐに開いた。

ギィィと古典的な音をたててドアは開いた。

部屋の中にいたのは、異常なものであった。

制服を着た身体《からだ》が二つ溶け合い、その上に信子の顔が乗っている。彼女の全身はすでに警官たちの身体に吸収され、制服の上を幾重《いくえ》にも巻きついた触手が、妖《あや》しく蠢《うごめ》き廻っている。これが像だとしたら、天才のこしらえたものに違いない。この世ならぬ地獄からやって来た天才の。

それすらも、メフィストには普通の存在なのか。

「――ひとつ訊く。あの円筒は何処にある？」

と信子の顔に尋《たず》ねた声は、まことに尋常そのものであった。

「――何処かしら」

答える声も、うっとりと、

「あたしの身体か、この二人の身体の中か――調べてみたくない、ドクター？」

「格別に」

とメフィストは応じて前へ出た。

六畳間へ上がって、奇怪な肉塊《にくかい》のかたわらで足を止めるや、右手をその中心――片方の制服の胸辺りに突き入れた。まるで水を突くように肘《ひじ》まで潜《もぐ》り込んだ。

「ああうぅあ～～」

信子が放った。恐怖と官能と苦痛が混ざり合った声である。

ひとつに溶け合った三体の体内で、白い医師は何を求めているのか。

二秒と経たず、彼は手を引き戻した。汗水汚物の一点もついていない手は、確かに円筒を握りしめていた。

「これは預かる。久しぶりに触れた。世界の命運を握る品にな」

その品と手に、シュルシュルと無数の触手が巻きついた。メフィストの腕は肉塊に同化した。

「行っちゃあ駄目」

信子は恍惚と呻《うめ》いた。最早《もはや》、この女は顔のみ残して土気色《つちけいろ》の物体そのものだ。永久機関による過剰《かじょう》な変化に〈魔界医師〉のパワーが加わったせいか。

「君には〈救命車〉を廻す」

「駄目って言ったら駄目よ」

信子の顔は、粘つくように言った。

「今、あたしは一〇〇万倍も凄《すご》い絶頂を一〇〇万回も体験してるのよ。ドクター、それをもっと強烈にして。もっと増やしてちょうだい」

「叶《かな》えられんな」

メフィストは腕を引いた。あっさりと抜けた腕は限りなく美しく、抜かれた触手の束《たば》は、みるみる干《ひ》からびていった。

「失礼する」

後じさりするメフィストの足首を摑んだものがある。制服警官の手だ。

信子の首のすぐ下から、実直そうな男の顔がせり出して、

「いけませんよ、ドクター。一緒に愉《たの》しみましょうや」

と言った。

「いずれ」

メフィストが一歩踏み出すと、警官の指はちぎれて、足首から離れ、畳に散らばった。

さらに二歩進んで三和土《たたき》へ下りようとした背へ、

「逃がさないわ」

「逃がさんぞ」

後半のひと声は、二人分が重なったものだ。

部屋が揺《ゆ》れた。いや、アパート全体がおこりのように震えつつあった。

「永久機関をもって、不死の力を得た者たち。今のうちに平凡に戻しておくが幸せだろう」

メフィストの身体がゆるやかに回転すると、右手はすでにふりかぶられていた。

光る一線と化して飛んだのは、細いメスであった。それは人間《ひと》の形を留《とど》めぬ肉塊の中央やや上部に突き刺さった。何か力のようなものが、小波《さざなみ》のごとく全体に広がった。

「いかに変身しようとも、この世に存在する限りは、この世の物理法則に従わざるを得ん」

とメフィストは言った。

「ゆえに、急所も痛点も存在する。おまえたちは治療可と見なし、麻痺《まひ》区に刺激を与えた」

確かに天井まで届いた巨軀《きょく》は、そこで停止したように見えた。

メフィストは一歩出て、メスの端を摑み、斜め右下へ走らせた。

ずるり、と制服警官がひとり、畳の上に落ちた。

さらに斜め右上へ上昇させると、もうひとりが転がり落ちた。

信子の身体は空へと走った。

ガラスを破って闇に吸い込まれる寸前、一本の匕《あい》首《くち》がそのうなじから喉《のど》まで白い刃を覗《のぞ》かせた。

声もなく信子の身体は宙に躍《おど》り、狭い庭に落ちると、それきり動かなくなった。

「無茶をする」

ふり向いたメフィストの前で、片手投げの姿勢を崩さず、湯間嘉次郎は厳しい表情を留めていた。

「あれは私の患者だ」

「それは失礼を。ですが、こか今じゃわしが預かってる縄張《しま》なんでさあ。そこでドクターに迷惑をかけているとなれば、黙っちゃいられません」

「まだ息はある」

と言ったのは、庭の信子も含め、畳の上でひくついている警官たちへの診断か。

「じきに〈救命車〉が来る。それでよしとしよう」

「そいつは助かります」

「次はない」

「――わかってますよ」

嘉次郎の眼が鋭い光を放ち、すぐに消えた。

「――あいつは手に入ったんですか？」

嘉次郎は訊いた。

「わかるのかな？」

「こんな安アパートで何が起きたって、ドクター・メフィストが直々《じきじき》に乗り出してくるほどのもんじゃ絶対にありません。考えられる理由《わけ》はひとつだけですわ」

「恐れ入った」

「とんでもねえ。ひとつ拝見できますか？」

老人の頼みに誠実さだけを感じ取り、メフィストはケープの内側から円筒を取り出し、彼の手に載《の》せた。

「こいつがねえ」

しげしげと見つめるのへ、

「完成品だ」

「ひええ」

嘉次郎は慌《あわ》ててそれをメフィストへ放った。

二人の間は五〇センチほどの距離があった。

円筒がその中間——二五センチを越えたとき、窓の外から音もなく走った触手が一本、円筒をすくい上げるようにして外の闇へと吸い込んだ。

嘉次郎もメフィストも声もなく——前者は仰天《ぎょうてん》のあまり、後者はたぶん性格に基《もと》づくものだろうが——ふり返って、破れ窓の外を眺めた。

ようやく、びゅっという音がして、月光の下を光る筒らしいものが塀《へい》の向こうへ飛び去った。

投げた触手は、それきりヘナヘナと庭の信子のかたわらに落ちて、動かなくなった。死にゆく女の最後の反抗であった。

「千慮《せんりょ》の一失《いっしつ》ってやつですな、ドクター」

少し皮肉の混じった老人の指摘へ、

「そのようだ」

とひと声残して、白い医師は窓の方へと進んだ。

「へえ」

と嘉次郎は感嘆の声を放った。

「何処へ行かれた？　抜け出したのか、消えたのか、さっぱりわからねえ。ドクター・メフィスト——あのお人は何で出来てるんだ？」

「ん？」

という声がしたのは、少し離れた路上で硬い音が響き渡り、それがカラカラとアスファルトを震わせて、足下までやって来た後であった。

「あれ——こいつは⁉」

驚きを隠さぬ声は、拾い上げた円筒と何らかの関係を持つと証言したものであり、また、少し違うぞと気づいた宣言でもあった。

彼はしかし、すぐにそれをジーンズのポケットに押し込んで、にんまりと笑った。

「あちこち捜しまくっても見つからなかったのに、とうとう戻ってきたか。もう離さねえぞ。おれの恋人。おれたちゃ、縁があるんだ」

デンスケであった。

素早くスイッチをＯＦＦにし、彼は周囲を見廻した。誰も見ていないと知るや、にんまり笑って、闇の中に消えた。


「ただいま」

嘉次郎が帰ると、義男が起きていた。

「何だ、おまえ、まだ起きていたのか？」

気楽な物言いにも義男は無表情である。かえって嘉次郎のほうが、こいつはおかしいぞと思いはじめた。

「おれも、いま帰ってきたところだ。父さん——話があるんだ」

案の定だった。

「——何だ、あらたまって？」

嘉次郎は、絨毯《じゅうたん》の上に胡座《あぐら》をかいた。生まれたときから椅子《いす》ってやつはどうも苦手だ。

「わかった」

義男はテーブルを横へ押しやると、自分も真ん前に胡座をかいた。

テーブルの上に載っていた一升瓶《いっしょうびん》を眼の前に置く。

「焼酎《しょうちゅう》か。西洋かぶれが珍しいな」

「父さん用さ」

コップも二つ取って、片方を父に渡すと、縁《ふち》まで注《つ》いだ。

嘉次郎の空《あ》けっぷりは、義男が眼を剝くほど見事なものだった。ふう、とひと息口元を拭《ぬぐ》って、

「——何でえ、話ってのは？」

「永久機関のことです」

「ほお」

「あれはいま何処に？」

「おお、二つあってな。ひとつは——おれを生き返らせたほうはドクターんとこだ。もうひとつ——本物は、わからねえ。ドクターも必死で捜《さが》してるはずだ」

義男は眼を閉じ、すぐに開いて、

「ひとつ力を貸してほしいんだけど」

と切り出した。

「何にだ？」

「『鬼城会』を壊滅するまで追いつめた凄い男がいる」

「——ふんふん」

差し出したコップになみなみと注いだ。嘉次郎は呑み干した。

「まず、それをやめさせてほしいんだ」

「そりゃ、無理だ」

「——それと、これは別の話になるが、ドクター・メフィストのところにあるという あれ《いい》——永久機関の試作品、何とか手に入らないか？」

「できると思うか？」

嘉次郎は、半《なか》ば軽蔑《けいべつ》したような眼つきで実の息子を見た。

「——いいや、無理だろうね。では、ドクター・メフィストも見つけられていない本物を手に入れるしかない。父さん——わかるんじゃないのか？」

「何でだ？」

「父さんは、試作品とはいえ、同じエネルギーの循環《じゅんかん》によって甦った。あれから色々、父さんのしでかした事例を調査したところ、エネルギーを特別に感知しやすい身体になっているはずだと、結論が出た。どうだい？」

「わかんねえな」

嘉次郎は首を傾《かし》げた。

3

義男は焼酎の瓶を指さして、

「中身にある薬を入れた。それを調合するのに、丸一日かかった」

「おい――どういう意味だ?」

嘉次郎はコップをテーブルに置いて、息子を睨みつけた。義男は手をつき、深々と頭を下げて、

「すまない、父さん。一度だけ利用させてくれ」

「何の真似《まね》だ?」

とコップに目を落として、嘉次郎は、じろりと息子をねめつけた。

「てめえ、何を入れた?」

「父さんの感覚を、永久機関の発するエネルギー係数に合わさせてもらったんだ。依頼したのは、おれがリーマン時代から馴染《なじ》みの化学研究所さ。じきに父さんは眠くなる。そしたらあとは、おれに任せてくれ」

「てめえ――実の親を操《あやつ》ろうって魂胆《こんたん》か」

嘉次郎は怒りに満面を朱《しゅ》に染めて立ち上がった。

膝《ひざ》が崩れたとき、ありゃ? と呻き、それから横倒しになった。

少しして、寝室から妻の茂子が現われ、眼をこすりこすり、

「お義父《とう》さん――どうしたの?」

と訊いた。

「何でもない。飲みすぎだ。焼酎二杯。弱くなったもんだな」

夫の返事に茂子は肩をすくめて、

「仕方ないわよ、もと死人《いヽ》だもの」

と返した。

妻が去ると、義男はぶっ倒れた父親のかたわらに跪《ひざまず》き、何か言おうと唇を舌で湿《しめ》らせた。

「わっ!?」

悲鳴を上げて身を引いたのは、いきなり嘉次郎が上体を跳ね上げたからだ。

「――父さん？」

「感じるぞ」

と老人はぶつぶつ言った。

「え？　こんなに早く？」

「そうだ。あれを持った奴《やつ》が近くにいる」

「まさか」

「来い」

嘉次郎は先に立って家を出た。

「ここだ」

指さしたのは、

「デンスケ君の家ですよ」

「そうだ」

「TVの『尋ね人コーナー』を使っても見つからなかったのに――しかし、彼がどうして？」

「〈魔界都市〉はなぜ出来た？」

「――わかりました」


嘉次郎は問答無用でドアをぶっ叩《たた》いた。

仮設住宅といえども〈新宿〉の造りは特別だ。妖《よう》魔《ま》から悪霊《あくりよう》まで多士済々《たしせいせい》な夜の訪問者から住人を守るため、〈区外〉の住宅の三倍は頑丈に建てられている。常人が思いきりドアを叩いても、びくともしない。

「こら、開けろ」

一発で、ドアは歪《ゆが》んでしまった。

向こうで、人の気配がし、

「何だ、こんな夜中に？」

デンスケの怒声《どせい》が湧《わ》いた。

「開けろ。おまえの持っている品に用がある」

「湯間のお祖父《じい》さんか。そんなものはないよ」

「とぼけるな。あるのはわかっとる。開けるぞ」

もう一発。ドアは内側へ倒れた。

「何しやがる？」

デンスケがとび出してきた。

「あれを出せ」

嘉次郎が右手を伸ばす。

「うるせえや、取れるものなら取ってみやがれ」

何となく湯間一族には頭が上がらずにいた若者が、火のような啖呵《たんか》を叩きつけた。

「この野郎」

上がり込んだ嘉次郎が摑みかかるのを、素早く躱《かわ》して、デンスケは独楽《こま》のように回転した。回転しながら旋回した。

風が起こった。

凄《すさ》まじい突風は、室内のあらゆる移動可能なものを宙に舞わせ、同時に老人と息子めがけて突進させた。

包丁《ほうちょう》が、ナイフが、皿が、凶器と化して二人を襲う。

「しゃらくせえ!」

大喝《だいかつ》とともに火花が上がった。

凶器はことごとく床面に突き刺さった。包丁の一本を素手で受け止めた嘉次郎が、すべて打ち落としたのである。手練《てだれ》ともいうべき速さであり神技《しんぎ》であった。

だが、その左肩にフォークが一本、深々と突き刺さっている。顔をしかめながら、突風の中でそれを抜き、

「おめえも影響を受けちまったな。だが、まだ甘いぜ」

と老人は笑った。

「そのスイッチを切りやがれ。でねえと、世界はえらいことになるぞ」

「切ったよ」

なおも独楽の回転を継続しつつ、デンスケの声は明瞭《めいりょう》であった。

「おれにも、とんでもねえ品だとはわかったからな。でも、充分だ。おれはスーパーマンだぜ」

「のぼせるな、この餓鬼《がき》め」

「言うねえ、死に損《ぞこ》ない。さ、かかってきな。生《せい》の現役と卒業生の差を見せてやるぜ」

「吐《ぬ》かしやがったな」

怒りに満面を紅潮させて、嘉次郎は右手をふった。

それは回転するデンスケの心臓部に吸い込まれ、あっさりと撥ね返された。

「て、てめえ」

「わかったかい、お祖父さん」

デンスケの嘲笑《ちょうしょう》が室内を巡った。

老人が袖《そで》をめくった。闘志はなお燃えている。死闘はなお続くだろう。

「ん？」

嘉次郎が戸口をふり返った。

「あれは——茂子の悲鳴だぞ。しまった！」

デンスケのことなど忘れたように表へとび出した。

義男が叫んだ。

「デンスケ君、僕だ。わかるかな？」

「勿論《もちろん》です」

「話がある。君のその力と、そうさせた機械についてだ」

「おれにゃないなあ」

「そう言うな。途方もない金儲《かねもう》けができるんだ」

「わかってますよ」

ようやく回転がやんだ。

惨憺《さんたん》たる室内に立つ若者は、軽蔑したように義男へ話しかけた。

「おれのエネルギーは今、無尽蔵《むじんぞう》だ。どんな相手でも打ち破れるし、どんな攻撃にもビクともしない。邪魔する奴はすべて排除できる。これから〈区外〉へ行って、世界の支配者にだってなれるんだ」

「そうは簡単にいかんよ」

「なにィ？」

「ドクター・メフィスト、そして、他の妖物《ようぶつ》や魔人どもが、おめおめと君に〈亀裂〉を越えさせると思うかね？　〈新宿〉には、もうひとり、ドクター・メフィストに比肩《ひけん》する美しい魔人がいることを忘れるな。そのすべてを君は排除する自信があるか？」

「ああ」

そっくり返るデンスケを、義男は冷静極《きわ》まりない眼差《まなざ》しで見つめた。

「本当に？」

デンスケは沈黙した。

「イカれても真実を見抜く力は残っているらしいな。ここを一歩出れば、君は魔性《ましょう》の標的にされる。僕が力を貸そう。この辺は大人の出番だよ」

「どうしようってんだい？」

義男の口元が笑いの形に歪《ゆが》んだ。彼をよく知るデンスケは、初めて血が凍った。そんな笑いだった。


夜襲をかけてきたのは、案の定、「鬼城会」のゴロツキどもだった。弾丸も火炎放射器の炎も平然と撥ね返し、全員ぶちのめしてデンスケの家に戻ると、二人とも消えていた。

「しまった、逃げられたか」


怒り心頭《しんとう》で自宅へ戻った。

「お義父さん——大丈夫ですか？」

奥に隠れていた茂子が顔を出した。

「——義男め、隣の悪ガキとつるんで逃げよった」

「あら。こんな時間にですか？」

「そうだ。ま、行く先くらい、すぐにわかるがな」

嘉次郎の永久機関への嗅覚《きゅうかく》は、まだ失われていない。

「なら、そうしてくださいな。でも、あの人もこの頃、色んな人が訪ねてきて忙しそうだったし。捜すのは大変かもしれませんよ」

「色んな人？」

「いえ、二人だけですけど。じゃあ」

部屋へ戻ろうとした茂子の身体は、後ろから抱きしめられた。

「ちょっと——お義父さん。何するの⁉」

ふりほどこうとしたが、骨と皮に少しばかりの筋肉がついただけの腕は、鉄の力で嫁を捕縛《ほばく》していた。

　首すじに濡れた老人の唇が吸いついたとき、茂子は驚きよりも恐怖に襲われた。

「義男がおまえを連れてきたときから、わしは反対だった。こんな女を嫁にしたら、わしが粗末に扱われるのは自明《じめい》の理《り》だった。だが、そんなおまえを最後は嫁として迎えたのは、何を隠そう、この肉体《からだ》が目的だったからだ。わかったか、いつかはこうしてやろうと思っていたことを、今やってやる」

　茂子は、床の上へ押し倒された。

「お義父さん――やめて」

「義男のところへ来た客というのは、どこのどいつだ？　言わんか、こら。おお、いいお乳をしておる。ここへこうやって、とろりと唾《つば》をかけて」

「いやいやいや」

「うーむ、ただ唾を垂らしただけでは何ともならんな。ここはひとつ、お乳全体に塗りたくってみるか」

「やめて。あ、あああああ」

「おお、ぎらぎら光っておる。茂子さん、乳首が勃《ぼっ》起《き》しているぞ」

「莫迦《ばか》あ」

「ぶちゅ。っと――おお、少し肉が柔らかいが、年齢だ、仕方あるまい。このまま、んぐと頰張《ほおば》らせてもらおう。んぐぐ」

「やめて……このおっぱいは……あの人のものよ」

「もう違うの――よおし、たっぷりと唾つけてやったぞ。さ、後ろを向け」

「――何するの？」

「決まっとる。嫁をバックから犯すのじゃ」

「いやあ」

「うりゅさあい。こうしてくれる。おお、前から思っていたが、でかい尻じゃのぉ。いや、これは尻じゃない。ケツだ。いやらしいケツだ。女どもは、これとお乳で男をたぶらかそうと企《たくら》んでおる。その罰を与えてやろう」

「やめてったら、この変態爺《じじい》。あ、あああ……あ」

「ほおれ。何のかんのと騒ぎよるが、いい気持ちじゃろうが。ほれほれ、派手に動いてくれよる。突き突き突き、じゃ」

「あーっ、あっあっあっ」

「ほれほれほれ」

「あーっ」

「何とか言わんか、よがり声だけでは、わしくらいになると、あまり興奮しないのだ」

「お義父さん――やめて。お尻から犯さないで。こんないやらしい体位じゃ」

「イケんとでも言うのか？」

「違うわ。一〇〇回もイッてしまう。ああ、お義父さん、凄い」

「よし。それでいいそれでいい。おお、昂ってきたぞ。ほれえ、たっぷりと出してつかわす」

「あーっ、お義父さま、やめてえ」

「で――義男のところへ来たのは誰だ？」


「――『鬼城会』の――会長さんと……」

「なにィ？」

嘉次郎の顔が鬼面と化した。

第八章　少女の技

1

翌日の昼近く、湯間嘉次郎からドクター・メフィストへ電話がかかってきた。

今、「鬼城会」の残党どもを片づけたところだが、その頭《かしら》がおかしなことを口にしているという。

「例の機械のこって少々気になることをくっちゃべりやがったんですよ。で、ドクターにも聞いてやっていただけないかと」

「伺《うかが》おう」


「鬼城会」は元の――メフィストと嘉次郎が殴《なぐ》り込みをかけた本部のある場所に居すわっていた。

今度は完膚《かんぷ》なきまでにやられたらしく、室内には、死体が気楽に転がっていた。

その中にひとり、五体満足な男がいた。アフロ・ヘアの頭目《とうもく》、鬼島城作である。

何を見たのか、〈新宿〉制覇《せいは》すら狙《ねら》った暴力団のリーダーの髪は真っ白に変わり、眼には気力のかけらも窺《うかが》えなかった。そのくせ傷ひとつなく、血痕の一滴も付着していない。

嘉次郎は、メフィストに昨夜の事情を話し、

「いつでも後を尾《つ》けられると思うから、それきりにしてあります。ですが、ドクター、こいつめ、義男の後ろにゃ、アメリカがついてると吐《ぬ》かしやがるんでさ」

「ほお」

とは言ったものの、感心しているふうには少しも見えない。

「いえね、昨日、義男と悪ガキがいなくなってから、嫁を問い詰めたんですよ。そしたら、ちらっと、倅《せがれ》が昔、失業中に〈区外〉にあるアメリカの企業で働いてたと。それで、一昨日《おととい》、こん畜生《ちくしょう》がやって来た日の晩、外国人も訪ねてきたと吐かしやがるんです」

「息子さんの下《もと》へ外国人が来た、と」

「へえ」

「どこのど――いや、素性《すじょう》をご存じか？」

「いや、茂――嫁も小耳にはさんだ程度で、そこまでは」

どうやら、米軍の特殊部隊二組――「核耳《コア・イアー》」と「大地《ランドマスター》」は、別の思惑《おもわく》もあって工作に励んでいるらしい。

「ところが、義男の野郎――実はこの人非人《にんぴにん》とも知り合いだったらしいんで」

髪の毛を摑《つか》んで揺《ゆ》すられ、鬼島が悲鳴を上げた。

「義男が〈区外〉でやくざもんとつき合っていたのは知ってるが、まさか、こいつとは思わなかった。それで、倅に何をさせるつもりだったんだ？　ドクター・メフィストにちょっかいを出させる心算《しんさん》か？」

鬼島の頭が霞《かす》んだ。猛スピードの揺さぶりは、悲鳴さえ怪奇な音声に変えた。

やっと止めたとき、鬼島の顔面はどす黒く充血していた。

「さ、有体《ありてい》に白状せい」

鬼島は一も二もなくうなずいた。

「ヨッちゃんに頼んだのは、あの機械を使って、ドクター・メフィストを始末することだった」

「ふざけた真似《まね》を」

老人は、また揺すった。

「てめえと倅ごときでドクターをどうこうできると思ったのか？」

「いや、無理だ。それはわかってた。しかし、死体を甦《よみがえ》らせることができる装置さえあれば、何とかなるんじゃないかと、こっちは背水《はいすい》の陣《じん》で相談に行った。そしたら、OKしてくれたんだ」

「あの身の程《ほど》知らずが。今度捕まえたら、手足の一、二本へし折ってくれるぞ」

「へっ、それだけでいいのかね？」

急に感情の巣に辿《たど》り着いたかのように、鬼島が吐き捨てた。

「何だと？」

「おれがあんたなら、首もはねちまうがね。いいかい、おれの依頼はドクターだけじゃねえ。もうひとり、いい年くらって『円乗寺組』の二代目に収まりやがった素人《しろうと》の爺《じじい》よ。誰だかわかるだろ？」

「てめえ」

「あいつに言われて、誰だかわかったよ。さすがのおれも、実の親父《おやじ》を始末してくれとは言えなかった。ところが、あいつはまとめて任せろと保証してくれた。え？　本当の父親を平気で始末するってよ。大した倅じゃねえか」

その顔が半分に縮《ちぢ》んだ。

嘉次郎が拳《こぶし》を頭頂へ叩《たた》きつけたのである。両眼が勢いよくとび出し、耳孔《じこう》から脳漿《のうしょう》が噴出した。

「いかん!?　力を入れすぎた！」

眼を剝《む》いて、すがるようにメフィストを見つめた。

「助かるかね？」

白い繊手《せんしゅ》が潰《つぶ》れた頭部に触れ、

「死者だ」

と宣言した。

申し訳ないと詫《わ》びる嘉次郎へ、

「この街らしいが、少し大人しくできんのかね？」

「それがもう、ちょっと頭へ血が昇ると止まらねえんで」

さすがに頭を掻《か》いたが、老人は反省しているとも思えない。しかし、

「あの――その、うちの倅がもう何か？」

「何も」

「そいつはよかった。もし、おかしなことをしでかしましても、最初だけは何とかお目こぼしを」

「承知した」

「ありがてえっ！」

両手を合わせて拝《おが》む姿は、出来の悪い息子の処分を穏便《おんびん》に留《とど》めた教師に対する父親のようであった。

「これで、『鬼城会』の蛆虫《うじむし》どもの始末はついた。出かけやしょう」

「倅さんのいるところへかね?」

「勿論《もちろん》でさあ。そんな危ねえオモチャ、義男の手にだって余ります。早いところこっちの手に取り戻さねえと」

「どこにいる?」

嘉次郎は眼を閉じた。

「消えちまいました」

「それで追えるのかね?」

「大丈夫。消えるしかねえ地点《ポイント》でさ。〈下落合《しもおちあい》三丁目〉を走る〈亀裂〉です」

傲岸不遜《ごうがんふそん》を抱いて生まれてきたような老人の顔に、緊張の色が濃い。

〈下落合三丁目〉の一地点に立って、二人は〝撮影ポイント〟から、幅二〇〇メートルの裂け目を覗《のぞ》き込んだ。観光客たちでごった返していたポイントは、午後の光の下に静まり返っていた。

二人を除く全員が恍惚《こうこつ》とへたり込んでしまったのである。世に云《い》う〝メフィスト効果〟であった。しかも、喘《あえ》ぎ声ひとつ、熱い吐息ひとつ洩《も》れてこないのが不気味なほどだ。美しさも超の字がつくと、人は衝撃のみを受け、他は忘却の彼方《かなた》となってしまうらしい。

「いつ見ても凄《すげ》えとこですね」

着流しの嘉次郎が、ぞくりと身を震わせた。

常時でも二〇〇メートルは、かなりの距離である。三三三メートルの東京タワーの下から見上げればわかるだろう。

対岸は剝き出しになった豊島《としま》区の断層面が広がり、そのあちこちから〈魔震《デビル・クエイク》〉に断ち切られたコードや排水管などがぶら下がっている。それも地下約一〇〇メートルくらいまでで、その下に続くのは、果てしない、としか思えず口にもできぬ暗黒の奈落だ。いつも噴《ふ》き上がってくる霧や、かがやくに挑んでいた。

霞《かすみ》もなく、奈落は黒々と、見下ろす者たちの視覚

「私は下りてみるが」

とメフィスト。嘉次郎は憤然《ふんぜん》と、

「私は、てな何です、ドクター？　ここまでお連れしたのはわしですぜ。用済みなんて言われた日にゃ、失礼だが、ドクターにも牙《きば》剝きますからね」

「わかっている」

メフィストの口元に淡い翳《かげ》が滲《にじ》んで消えた。苦笑だったかもしれない。彼は言った。

「ひょっとしたら――」

「待ち構えている――でしょうが」

嘉次郎は念を押すように笑った。

「あたしが、永久機関とやらとエネルギー的にシンクロしてると吐かしたのは、倅ですからね。しかも、実の親父を始末するなんて請《う》け合う野郎だ。準備を整えているのは先刻承知でさあ。倅とはいえ許さねえ。返り討ちにしてくれる」


「結構だ」

メフィストは〈亀裂〉の縁《へり》を囲む柵《さく》に眼をやって、

「では、行くか」

と言った。すぐ右方に観光用のエレベーターがあるが、見向きもしない。

「いつでも」

嘉次郎もそんなものに頼るつもりはないらしく、勢いよく手を打ち鳴らした。

何の予備動作もなく、白いケープ姿が宙に舞った。着流しが後に続く。

なおも展望台の近くに転がったままの、ほとんど生ける死者と化した観光客たちにも、それは地獄へと堕《お》ちていく美しい科人《とがにん》たちのように見えた。

一〇〇〇メートルを過ぎても、陽光は風の音を追ってきた。

すでにおびただしい奇観が二人の前を上へと流れ

去った。

怪異な巨像を並べた洞窟《どうくつ》、一〇〇〇メートルどころか一万キロ潜っても出会えそうもない汚怪な遺跡、影が蠢《うごめ》く巨穴、凹凸《おうとつ》の激しい断崖を上昇しながら、ある地点に来ると落ちていく手長猿《てながざる》に似た生物。

二人はなおも落ちていく。

二〇〇〇メートルを越えたとき、下方に光が見えた。

メフィストの身体《からだ》がそちらへ寄った――と見る間に、音もなく光の中へ吸い込まれた。

落下速度がどれほどのものか、全身骨折、筋肉剥《はく》離《り》は免《まぬが》れないはずが、すっくと立ったその姿は、美貌《びぼう》ともども神の手になる美しき造型そのものであった。

「おいしょっと！」

その足下に、肉が石に叩きつけられたような響きを上げて転がったのは、湯間嘉次郎である。


こちらは腰を押さえて、いってててと起き上がる。それでも人の形をした者の行動でないのは確かだった。

「義男の野郎もここにいるんだろうな。どうやって入りやがったんだ？」

周囲を見廻《みまわ》す老人のかたわらで、メフィストのケープの内側へ、光るすじが吸い込まれていく。針金だ。それは二キロを超す長さを誇り、二人をここまで吊《つ》り下ろしたに違いない。

二人のいる場所を、ひとことで言えば、ホールになるだろう。

石の天井、石の壁、石の床を半月形の発光スチール壁が切り取って、侵入者を拒《こば》んでいるのだった。

太古のものではあり得ない――とは言えないのが〈新宿〉だ。ましてやここは〈亀裂〉の内部《なか》である。何があっても起こっても、神を冒瀆《ぼうとく》したことにはなるまい。

「来るぞ」

とメフィストが言った。

「へい」

嘉次郎は腕まくりをした。こちらもわかっているらしい。

前方のスチール壁の中央に、ひとすじの線《ライン》が走るや、音もなく左右に広がった。

奥に何があるか、嘉次郎が見取る暇《いとま》もなく、一〇人近い人影が現われて二人を取り囲んだ。

驚くべきことに、武器を携帯していない。灰色のシャツにズボンと長靴《ブーツ》のみ。そして、素手である。

真ん中のひとりが言った。

「ようこそ、ドクター・メフィスト及び湯間嘉次郎さん。湯間義男さんからの連絡によってお待ちしておりました」

「『大地』のメンバーかね?」

「答える権利を誰も持っておりません。お許しくださいませ」

「責任者に会わせてもらおうか」

嘉次郎が凄《すご》んだ。

「承知いたしました。では、こちらへ」

一〇人が二人を囲む形で、一同は壁の内側へ入った。

「こりゃ、凄え」

嘉次郎はためらいもなく感嘆の叫びを放った。

洞窟なのは、天井と岩壁を見ればわかる。だが、それも点綴《てんてい》ともいうべきくらいで、ほとんどすべての部分はスチールとメカで覆《おお》われていた。

コイルとコイルの間を青い電光が走り、剝き出しのエレベーターとエスカレーターが人々を運ぶ間を、アンドロイドらしい影が走り過ぎていく。

こんなスペースが、遥《はる》か奥まで続いているのは、幻でも3Dイメージでもなかった。その大工事の隠蔽《いんぺい》に、どれほどの人数と費用と労力が注《つ》ぎ込まれたものか。

「一年や二年で仕上げたもんじゃねえな」

情報ゼロで上京した田舎《いなか》のおっさんのような感想

を嘉次郎は洩《も》らした。

右方から応じる声があった。

「いやいや、一日でやってのけたとも」

2

これに、嘉次郎は、

「てめえ!?」

と満面朱に染めて敵意を示したのは、声の主――マスタートン博士の隣《となり》に立つ三人の男女のひとりが倅だったからだ。あとの二人は、めぐみとデンスケであった。

「〈新宿〉中の人間がお世話になってる御方に手え上げるとは――てめえとはもう親でも子でもねえ。おれの手で落とし前をつけてくれる」

火のような怒りと凶気をもろに浴びつつ、義男は苦笑を浮かべて見せた。

「ごめんよ、父さん。色々と事情があってね」

「何が事情だ。定番の言い訳などするな。この極道息子め。さあ、あの機械をドクターにお返ししろ」

「それは、私が預かっている」

マスタートン博士が自信に溢《あふ》れた声で言った。

「君のご子息が話のわかる男だったおかげで、世界は真《しん》の安息を得られる。大切に使わせてもらうよ」

「それは〈新宿〉が許さん」

メフィストの声は、博士の顔から、あらゆる感情の色を拭《ぬぐ》い取った。

「ドクター・メフィスト」

彼は噛《か》みしめるように呻《うめ》いた。メフィストは言った。

「世界の安息や平穏など、この街は望んでおらん。混沌《こんとん》と混乱、死と破滅こそが人の世のあり方だと知っているからだ。アメリカの知性は、まだ本質の理解を伴《ともな》っておらんと見える」

メフィストは右手を上げて視界を指すように動かした。

「このすべてを〈新宿〉は憎んでいる。私はそう感じる。この施設もおまえたちも、〈魔界都市〉の意には適《かな》っておらんよ」

「お言葉ですが、ドクター」

博士は異を唱《い》えた《とな》。声に怯《おび》えが含まれていた。どう見ても年上で傲慢な彼が、丁寧《ていねい》な言葉遣《づか》いになっている。それを誰ひとり不思議と思わない。

「私が申し上げる安息と平穏とは——静かなる破滅、甦《よみがえ》る者なき死の別名です」

「破滅を安息、死を平穏と、誰が決めた？」

メフィストの言葉は、全員を凍りつかせた。

「人知での想像が及ばぬものを、人の言葉で決めつける——〈新宿〉はそれを怒っているのだよ、マスタートン博士」

「——私の名前をご存じか？」

「一度お目にかかっている」

「——しかし、あのとき、ドーダンニは緊張のあまり、私ともうひとりを紹介するのを忘れた。あなたも訊《き》こうとしなかった」

「この街には何でも起こる。私はその〈区民〉だ。〈新宿〉で不思議に驚くものはただの観光客にすぎん。博士——おまえもだ」

「その観光客は、ついに宇宙の命運を手に入れた。違う、違うとも。私は〈亀裂〉の申し子のひとりだ。そこのメンバーもこの深淵《しんえん》の力の洗礼を受けておる。〈魔震〉が起きたとき、わしはこの街にいた。そして、眼前に広がる〈亀裂〉の底から噴き上がる霧状のエネルギーを採取してのけたのだ。それを与えて飼育したのが、『大地』の子供たちよ。まずわしの意に従う可愛《かわい》い奴らだ。ドクター・メフィスト——あなたの患者が創《つく》り出した偉大なる装置を、わしは自由に操《あやつ》る。そして、世界を、宇宙をこの手に入れるのだ」

「本音《ほんね》が出やがったな」

嘉次郎が喚《わめ》いた。

「黙って聞いてりゃ、死だの破滅だの、口当たりのいい学者言葉を使いやがって。最後の目的は金か？」

「いいや、名誉だ」

マスタートンは首をふった。

「私はまず、〈新宿〉を破滅させる。そして、歓喜する人々の賞賛を一身に受けた後、そこの子供たちに世界を同じ目に遭《あ》わせたいかと脅迫させるつもりだ。やがて、わしはその目論見《もくろみ》を見事に打ち壊した英雄として、世界に名を馳《は》せるだろう」

この宣言の途中から、口をあんぐり開けていた嘉次郎が、このとき、ようやく、

「——何てこった。おれとドクター・メフィストの相手は、ただのペテン師かよ。おい、義男——おめえ、こいつの正体を知ってたのか？」

「…………」

「ははあん。何も言うな。その顔を見りゃわかる。よおくご存じだったようだな。おい、断わっとくが、もうひとりのおまえの相棒——鬼島の野郎は、おれが頭を叩き潰してやったぜ。どうしようもねえ小物だった。おめえのつき合う相手てな、みんなこんなもんさ。おれとドクター・メフィストに楯突《たてつ》こうなんざ一万年も早《はえ》えぞ。そうだ！」

やっと気分が落ち着いたのか、義男と一緒にいる二人——めぐみとデンスケに眼をやって、

「その二人を放せ。連れてくぞ！」

「いいだろう。行きたまえ」

マスタートン博士は、嘉次郎の方へ顎《あご》をしゃくって見せた。

先にめぐみが歩き出した。

薬を射《う》たれたのか、術にかかっているのか、虚《うつ》ろな眼差《まなざ》しである。デンスケも同じだ。

嘉次郎がとび出した。「大地」の輪はあっさりと崩壊した。二人も突きとばして、しっかりとめぐみを抱きしめた。

眼から涙が溢れた。

「無事だったか、よかった。こいつらに変なことさ

れなかったか?」

憎悪の眼で後ろの連中をねめつけ——気がついた。

めぐみは、じっと彼を凝視《ぎょうし》していた。いや、その背後——メフィストを。

「めぐみ」

その声を鈍《にぶ》い打撃音が撥《は》ねとばした。一歩下がったためぐみの手が、老人の首のつけ根に命中したのである。

ぐえ、と放って嘉次郎は吹っとんだ。スチールの床は五メートルも先にあった。

「『大地』のメンバーに仕込んだか」

メフィストが静かに言った。怒りの口調ではない。だが、博士とその子供たちは立ちすくんだ。

彼らには目もくれず、メフィストはめぐみに近づいた。

「私と闘うかね?」

と訊いた。何と優しい声か。何と冷たい声か。


〈魔界医師〉は本気なのだ。

めぐみは上げたままの右手をメフィストに伸ばした。少しためらって左手も上げた。両手の平を上げてメフィストに向けた。

次の瞬間、白い医師は宙を飛んだ。

めぐみの手の平から放出された無色無音のエネルギーは、確かに〈亀裂〉の底にわだかまっていると、調査隊の誰もが結論したものと等しかった。

吹っとんだメフィストの後方でスチールの扉が開いた。

その向こうにはホールと——大深淵が口を開けていた。

メフィストの勢いは止まらなかった。為《な》す術《すべ》もなく、しかし、美しく、彼は大地の顎《あぎと》に呑《の》み込まれていった。

「めぐみ、てめえも⁉」

床の上で嘉次郎は動けなかった。めぐみから叩きつけられたエネルギーは、彼のパワーを根こそぎ奪

い取っていたのである。マスタートンの方を見上げて、

「てめえ、その娘《こ》に何をしやがった⁉」

と喚いた。

「何も——ただ二種類のエネルギーを与えてみただけだ。〈亀裂〉のそれと、もうひとつは——」

上衣《うわぎ》のポケットから、円筒が現われた。そのスイッチはＯＮになっていた。

「それを使ったのか⁉」

「そう驚くことはあるまいて。君を死から甦らせたのと同じものだ。いや、より純粋でより濃厚と言ってもいい。この娘は、今、『大地』の子の誰よりも強力なメンバーだよ」

「何に使う気だ？」

「尖兵《せんぺい》だ。私が世界を征服するための」

「義男にデンスケ——てめえら黙って見てたのか」

「父さん——ここは博士の言うことを聞こうじゃないか。デンスケ君はめぐみと同じ状態だ」

「この野郎」

嘉次郎は起き上がった。怒りの力だった。

着流しの裾《すそ》をなびかせて、彼は突進した。

めぐみがこちらを向いた。

嘉次郎はそこにいなかった。目標はマスタートン博士であった。

体格は嘉次郎とほぼ同じ。現在のパワーでぶちかませば、吹っとぶどころかバラバラになりかねない。

だが、博士は激突の寸前、嘉次郎の頭上を軽々ととび越えて、彼の後方に立った。

「おのれは⁉」

猛進に急ブレーキをかけてふり向いた老人の顔面に、博士の右手の指が食い込んだ。

死から甦った男が、抵抗ひとつできなくなったのは、力の量かそれとも質のせいか。

嘉次郎の身体は軽々と博士の頭上に持ち上げられていた。

「脳まで握り潰せば復活はできまい。日本のやくざについては私もよく知っている。御礼参りとやらをかけられても迷惑だ。始末しておこう」

「ぐぐ……てめえ……は……」

「私も永久機関のエネルギーに質的同調をした者だ。いや、なかなかよい気持ちではあるな」

指が老人の肉と骨に食い込み、血が流れ出した。あと一秒もこれが続けば、嘉次郎の顔はまさしくミンチに成り果てるはずであった。

「博士、やめてくれ！」

義男が駆け寄った。その顔面に博士の左拳が裏拳《うらけん》の要領で激突した。

父より早く子供の顔が粉砕された。

「よ……義男……」

呻く嘉次郎へ、

「自分の心配を——しても無駄だな」

とマスタートンは笑いかけた。

いきなり、爆発音が轟《とどろ》き、吹っとんだメカとその破片が一同を襲った。

全身に金属片を突き立て、マスタートン博士は、何事だ？　と叫んだ。

新たな爆破がそのかたわらで火球と破壊とを生じ、彼と「大地」の兵たちを吹きとばした。さらに二度、空間が揺れてから、真紅《しんく》の光条が四方に走った。それに触れたメカもスチールの壁も、白い蒸気を噴きながら溶解してしまった。

「粒子砲だ」

誰かが叫び、それは苦鳴と蒸気に変わった。

「誰だ、貴様らは？」

仁王立《におうだ》ちになったマスタートン博士の右腕を灼《しゃく》熱《ねっ》の粒子が貫いた。

「大地」の兵たちは博士を守るように円陣を組んだ。

もうもうたる黒煙が火花を照り返した。

油圧スプリングに軽減された数トンの足音が扇《おうぎ》形《がた》に人々を取り囲んだ。

歩行戦闘兵器《WFW》「ダイノス」――米軍の最新鋭メカニズムだ。五台――その間におびただしい戦闘服姿が、武骨なレーザー砲を構えている。「大地」のメンバーを薙《な》ぎ倒した粒子砲は、WFWの両肩に乗って、標的を向いていた。

「我々が誰かはおわかりですな」

と戦闘服のひとりが言った。マイクを通した声である。

「『核耳』の屑《くず》どもめ。ついにわしに牙を剝いたか。よくここまで来たものだ」

「米軍の底力を舐《な》めてはいけません。まだ実験段階ですが、ようやく物体電送のメドがつきました。これは最初の実戦であります」

「ほお、チャドウィックの能なしが、ついにやってのけたか。大統領もお喜びだろう」

「イエッサ。その喜びの一環として、大統領は『大地』と裏切り者の抹殺《まっさつ》を命じられました」

「とうとう、あいつの底が割れたか。民主党出は、屑ばかりだ」

「自分もそう思います。ですが、愚《おろ》か者の出した命令でも、命令は命令です。従わねばなりません。お覚悟願います」

「いいとも。だが、どうしてここがわかった?」

「いつも、自分は〈亀裂〉の申し子と仰《おっしゃ》っておりました」

「なるほど、国防総省もまだ腐りきっていないと見える。だが、おまえたちはやはり凡人だ。決定的なミスを犯したぞ。わかっているか?」

「何でしょう?」

「たったこれだけで、やって来たことだ」

マスタートンの顔は歪《ゆが》んだ。笑ったつもりだろうが、襲撃部隊のフェース・レーダーに映《うつ》ったものは、何もかも異様に歪んだ悪鬼《あっき》の面相であった。

「射て」

真紅の光条が標的を貫《つらぬ》いた。

マスタートンの顔は消滅し、全身が炎に包まれた。炎は一万度を超えていた。

3

「大地」の兵士たちは、次々に倒れていった。何名かが両手を前方へ伸ばした。

一〇トンを超すＷＦＷが次々に吹っとぶ様は、奇景というべきであった。

ようやく、「核耳」の兵たちは気がついた。斃《たお》したはずの「大地」のメンバーは少しも減っていなかった。彼らは死から甦ったのだ。

「大統領に泣きつくか？　そんな暇《ひま》はないぞ」

胸を張るマスタートン博士の身体には、ひとつの欠損もなかった。服も無事だ。エネルギー——永久に、無際限に生み出されるエネルギーが、死を超えてしまったのだ。

形勢は逆転した。

博士は拳を天井へ突き上げた。


炎は熄《や》んだ。電磁波の乱舞も止まった。そこに立つのは、博士と「大地」の一党のみであった。

博士は満足げに四方へ眼をやった。完膚なきまでに破壊されたはずのメカニズムは、すでに正常な稼働を再開しはじめていた。

「財宝《たから》八州美、何と偉大なる天才だ。もう私は滅びることを知らぬ。ドクター・メフィストさえ成し遂げられなかった死の克服——ここに成ったぞ」

彼はポケットに手を入れた。永久機関を取り出そうとしたのである。

ポケットに異常はない。しかし、目的の品は消えていた。

脳裡《のうり》に、粒子砲の一閃《いっせん》が甦った。あれがポケットを焼き、永久機関を地上へ落としたのだ。

「ど、どこへ行った⁉」

彼は狂気のように捜《さが》し求めたが、すぐに諦《あきら》めざるを得なかった。

「そうだ、奴《やつ》は？　あの爺はどこに？　娘がいたな。何、それも――⁉　エレベーターだ、追え！」

「大地」の兵士たちは地を蹴《け》った。

だが、彼らがエレベーターの見える位置まで辿り着いたとき、ドアは固く閉じて、地上までの距離を表わす数字は、猛烈な勢いで減少していった。

兵士らは別のエレベーターで後を追ったが、地上に出たとき、彼らが殺到した先行のエレベーター内には、人っ子ひとりいなかったのである。

二手に分かれて彼らが去ってからしばらくして、エレベーターの出入口の天井に、ひょいと皺《しわ》だらけの顔が現われ、別の人影を小脇に地上へと下り立った。

めぐみとデンスケを抱いた嘉次郎であった。

「やっとこさ、いなくなりやがったか。しかし、おれを捜しに来たと思ったのに、何をしてやがったんだ」

彼は二人を肩に、二〇〇〇メートルの絶壁を、虫のように這《は》い上がってきたのだった。二人は失神していた。施設を出る寸前、当身《あてみ》を食らったのだ。

「エレベーターに誰か乗ってたのか？――そうだ！ドクター・メフィストはどうなった⁉」

愕然《がくぜん》と〈亀裂〉の方をふり返ったとき、

「それは、自分たちも知りたい」

低い声と同時に、嘉次郎は垂直に腰を落とした。

――てめえら、まだ、うろついてやがったのか⁉

と喚いたつもりが声にはならない。

三人の「大地」の兵士が、右手の平をこちらに向けて立っていた。周囲には観光客が、恐る恐るこちらを見つめている。

「念のため――これが『大地』のモットーだ。まさか、その娘を連れて崖を登っていくとは思わなかった。大したものだ。殺すには惜《お》しい」

三人の上げた右手に、左手が加わった。

まさか、その両手首が音もなく断たれて路上に落ちるとは。

「へ？」

驚く嘉次郎の眼は、ふり返る兵士たちの向こうに、まばゆい人影を見た。

――ド、ドクター・メフィスト⁉――どうして、ここへ⁉

それは「大地」の兵士たちも同じだったろう。

血一滴流れぬ滑《なめ》らかな傷口を白い医師に向けて、

「どうして、ここへ？」

と訊いた。

「最初からその三人と一緒にいた。崖に貼りついていたが」

嘉次郎は眼を丸くした。そんな気配はまったくなかったし、崖を登る途中、何度も四方を見廻していたからだ。

「私は護衛役のつもりだったが、その必要はなかった」

嘉次郎を見る医師の眼はあたたかいものだった。

「待って……くださ……い」

嘉次郎の喉《のど》はまだ震えていたが、何とか声は出た。

「〝麻痺念《まひねん》〟の効果が切れたのか⁉　まさか⁉」

愕然となる三人を無視して、

「――ですが、ドクター……途中でこの娘のせいで……穴ん中に……」

「あれは偽者《にせもの》だ。ダミーという」

「は？……じゃあ、ドクターは……別……に……わからねえ」

「私が見えなかっただけだ」

メフィストは静かに言った。

「あなたも、そこの兵たちも」

そのひとりが喚《わめ》いた。

「――マスタートン博士もか⁉　信じられん。では、永久機関を奪ったのは――あなたなのか？」

「違う」

メフィストは平然と言った。かがやく美貌は、先の「大地」の兵たちが消えた方角を追っていた。

「じゃあ、やっぱりエレベーターに誰かいたんだな」

「どこへ行った？」

「貴様の息がかかっているのか？」

兵たちの眼は血走っていた。

「赤の他人だが、放ってもおけまい」

「おのれ」

兵たちは歯噛みをしたが、もはや手の打ちようはなさそうに見えた。

メフィストのケープの内側から光るすじが走った。

それは信じ難い速度で滑らかに兵たちの間を巡ったかと思うと、一気に〈亀裂〉へと吸い込まれた。

三人の兵が後を追ったのは言うまでもない。

〈亀裂〉の上で上がった悲鳴は、たちまちつるべ落としに下方へ流れ——遠くなっていった。

「ドクター——」

嘉次郎が、よろめきながら立ち上がりかけ、ん？と〈亀裂〉の方を向いた。

「ドクター——今、悲鳴が？」

メフィストはやや視線を落とした。手元に光るすじ——三人を〈亀裂〉へ投じた針金が戻ってきたのである。

その端をじっと眺めて、

「食いちぎられている」

と言った。

「へ？」

「初めてのことだ」

メフィストの顔は穏《おだ》やかに〈亀裂〉の方を向いた。途方もなく無気味なものを感じて、嘉次郎は息を呑んだ。そして、

「〈亀裂〉が怒っているようだ」

凍りついた。意味はわかる。〈区民〉なら。

「ドク……ター……」

「無知な子供が永久機関をいじくりすぎたな。もう少し時間があることを祈ろう。あなたは入院したまえ」

「ドクターはどうなさるんで?」

「追いかける」

「なら、あたしも」

「失礼ながら、足手まといだ」

「んじゃ、勝手に追いかけさせてもらいます。〈新宿〉にいる限り、わしの目をくらませられるもんじゃねえ」

メフィストは何も言わずに、〈下落合〉の街の方を見た。

白い車がやって来る。

めぐみとデンスケを運ぶ〈救命車〉であった。


ヤン・ルカス・ホワイトは、〈亀裂〉を渡ろうとしなかった。あそこは敵のアジトだ。渡る途中で何をされるかわかったものではない。

丸一日連絡がなければ、〈区外〉から応援がやって来る。それまで生き延びなければならない。そして、彼は平凡な上衣のポケットから、あの円筒を取り出した。マスタートン博士のポケットからこぼれた品が、彼の足下へ転がってきたのは、奇蹟《きせき》としか言えなかった
上司へ渡すつもりなどなかった。無事にアメリカ大使館へ戻ったら、その場で辞職し、それから使い途《みち》を考えよう。欲しがる奴は幾《いく》らでもいる。大企業、病院、各種研究所、死にかかった大金持ち――特に医療、エネルギー関係なら、無尽蔵《むじんぞう》に金を出してくれる。いや、死にかかったアラブの金持ちから、油田の一〇や二〇を譲渡させることも可能だ。軍を通じてコネは幾らでも出来ている。

ヤンは「核耳」の生き残りであった。

〈亀裂〉から脱出後、ヤンのしたことは、〈歌舞伎町〉の闇マーケットに行って、自衛隊から流れた簡易トーチカの中古品を入手することだった。何が何でも明日の午後一時まで生き延びねばならない。最後の連絡員をアメリカ大使館へ送ってから、その時刻で二四時間になるのだ。

「大地」の偵察隊は〈新宿〉を巡って彼を捜し求めているに違いない。こちらから動き廻るのは愚《ぐ》の骨頂だ。

脱出後一時間、彼は奇抜な場所にいた。

〈魔界都市〝新宿〟〉における〈最高危険地帯《MDZ》〉――〈新宿中央公園〉内である。

早急に脱出できるよう、〈センチュリー・ハイアット〉の廃墟《はいきょ》に最も近い壁の下に、簡易トーチカを設営し、その内部に潜り込んだ。

高密度鋼の箔《はく》で三重に覆われた外被《がいひ》は、三〇ミリ・モーターガンの直撃までなら撥ね返すし、三〇分の飛行が可能な磁気エンジンも付属、光学兵器として二〇ミリ・レーザー砲、通常兵器として高圧ガス発射の〇・一ミリ短針《ニードル》マシンガンを備えている。

すでに、妖物《ようぶつ》の攻撃を受けていた。鋭い鉤爪《かぎづめ》と鉄のような嘴《くちばし》が外被を裂こうと荒れ狂い、〝弾丸《だんがん》〟と呼ばれる硬殻虫《こうかくちゅう》が、音速《マッハ》を超えて体当たりを強行、さらに、大蛇ともナメクジともつかぬ軟体生物が締《し》めつけ、飛来した鳥状生物が酸性の尿を放っていった。

すべて撥ね返したが、この先保《も》つかどうかはわからない。

救援隊の連絡だけが頼りだった。

午後六時――空はまだ陽《ひ》の名残《なごり》を残していたが、ヤンの周囲にはざわめきが満ちはじめていた。

夜行の危険生物が行動を開始したのである。昼の恐怖も変わりはないが、人間はやはり闇をより恐れる。

「早く、来てくれ」

ヤンは液体食料のチューブを強く吸った。

そのとき、三次元レーダーが異物の接近を伝えた。

スクリーンに凝《こ》らした瞳は、夕暮れの中に佇《たたず》むしなやかな女人《にょにん》の像を網膜に結んだ。

「エリザベス!?」

それは二〇代半《なか》ばの妻の名前であった。

一瞬、まやかし《ファントム》だ、と思った。

だが、ひと目見た途端、眼は理性ごと麻痺した。

妻が何か言っている。サウンド量を上げた。

「出てきて、ヤン。あたしよ、エリザベスよ。いつまで経《た》っても帰ってこないから迎えに来たのよ」

莫迦《ばか》な、と胸のどこかが否定した。

こんなはずはない。だが、なぜ、エリザベスなんだ？　おれの名前も知っている。まやかしがなぜ？

人間の思考のみならず、その素性《すじよう》まで読み取る透視生物の存在を教え込まれたはずなのに、ヤンは根こそぎ忘却させられていた。

恐怖の中に訪れた美しい妻は、まぎれもない救いだった。

「出てきて、ヤン」

妻の声は甘美に頭蓋《ずがい》の中で鳴り響いた。

塀の東と西と南に、三組の影たちが集まっていた。


「入るぞ」

マスタートン博士の声に、「大地」の兵たちは一斉《いっせい》にうなずいた。これは南。

「来ちまったぜ、えれえところへよ」

着流しの老人の声。西である。

そして、東に。

白い美の神が塀と夕空を見つめていた。

ドクター・メフィスト。

〈最高危険地帯〉で、彼らはどう激突するか。展開する魔戦に誰もが恐怖せよ。

第九章　逆廻《まわ》り機関

1

最初に塀《へい》を越えたのは、マスタートン一派だった。

飛行具など使わぬ。それぞれが地を蹴《け》るや、彼らは六メートルもの塀を越え、地に降りた。落ちたとは言えなかった。着地した足は音ひとつ立てなかったからだ。

マスタートン博士もそのひとりであったが、少しよろめいたのは、年齢《とし》のせいというより、ご愛嬌《あいきょう》というべきだろう。

支えようと駆け寄った兵たちの手を払い、老科学者は鋭い眼を右方へ据《す》えた。青い瞳の奥に光点が凝縮《ぎょうしゅく》して、消えた。

「こっちだ」

先頭に立って歩き出した左右を、兵たちが固める。〈公園〉の中央に近い列——その彼方《かなた》の木立の間を、幾《いく》つもの異形《いぎょう》の影が移動していく。

「しかし、こんな厄介《やっかい》な場所に身を隠すとは。敵もやりますな」

博士の右隣《どなり》で年配の兵士が、好奇心に満ちた眼差《まなざ》しを左右に注《そそ》いでいる。

「救援が駆けつけるまで約一九時間——察しがついたとしても、捕らえに来る奴はいまい。しかし、奴《やっ》もよく入ったものだ」

「〈歌舞伎町〉の横流し専門の武器店で、個人用の簡易トーチカを購入しております」

「ほお、米軍のものか？」

「いえ、自衛隊であります」

「なら優秀だぞ。いかに〈最高危険地帯《MDZ》〉の化物《ばけもの》どもといえど、そうたやすくは歯が立つまい」

老博士は急に足を止めた。

前方二〇メートルほどの塀際《へいぎわ》に、長方形の物体が、青い夕闇に馴染《なじ》んでいる。

その周囲を蠢《うごめ》く不気味《ぶきみ》な影たちを認めて、マスタートン博士の双眸《そうぼう》は怒りに燃えた。

「化物どもが、人間の知恵が造り出したものに挑まんとするか——殺せ」

命令一下、兵たちが両手を前方に伸ばす。

不可視の波が空気を渡り、影たちを破壊した。

首を失った四足獣《しそくじゅう》めいた影のみが、身をよじってこちらへ走り出す。

「殺せ！」

見えざる力が巨体に集中した。消えた。

「幻獣《げんじゅう》だ!?」

誰かが叫んだ。その背後で大きく気配が動いた。

四人の兵士たちが宙に舞っていた。向かう方角は同じだった。凄《すさ》まじい悲鳴が上がった。

首のない魔獣は身を翻《ひるがえ》してマスタートン博士へ襲いかかった。老科学者は下がらず前へ出た。首のつけ根に手の平が触れた。風船が爆発するように巨体は四散《しさん》した。

博士は何事もなかったように、背後の木立に眼をやった。

ねじくれた巨木の幹《みき》の中ほどから、杭《くい》のように尖《とが》った枝が突き出ていた。彼らは串刺《くしざ》しになった。永久機関の影響を受けた身体《からだ》は、しかし、たやすくそこから抜け落ち、傷痕《きずあと》ひとつ留《とど》めぬはずであった。

現に前へ出ようとして、彼らは痙攣《けいれん》し、動かなくなった。

マスタートン博士はうなずいた。

「そうか。この〈公園〉の生物も、永久機関のパワーを吸い取ったか。互角というわけだ。これで残りは六人か」

目標物はすでに、新たな妖物《ようぶつ》に囲まれていた。

「やれやれ」

洩《も》らした溜息《ためいき》はカッコつけであった。満々たる自信を痩身《そうしん》に留めて、彼はそちらへ歩き出した。

メフィストが塀を越えたのは、マスタートンの少し後であった。

着地した場所は、〈公園〉の東の端《はし》——図書館があった辺りだが、怪樹《かいじゅ》が生《お》い繁《しげ》り、その根が蛇行《だこう》、通路の上に蠢く影の多さは、他の地点の比ではない。

着地後二秒と経《た》たないうちに、メフィストの周囲には妖物が幾重《いくえ》もの輪を作っていた。

蜘蛛《くも》そっくりの巨虫、七つ首の狂蛇《ハイドラ》、その手に握った刃《やいば》は、鉄を掘り出し、溶解して自らこしらえたものだと言われる〝鍛冶屋《かじ》〟、常に飢え、今も通路上の青草を長い口で貪《むさぼ》りながら接近中の、二本足で歩く象——〝チャグナグル〟。

どれも求めている。新しい肉を、熱い血を、そして、美しい顔を。

何処《どこ》かで咆哮《ほうこう》がした。

突然、餓獣《がじゅう》たちに変化が生じた。一も二もなく身を翻すや、地を走り、木を登って、みるみる姿を消す。

メフィストから一〇メートル、やや右方に近い場所に、巨大な四足獣が立っていた。全身は鎧《よろい》を思わせる甲殻《こうかく》で覆《おお》われ、いかなる攻撃も排除してのけるように見えた。一〇トンは下るまい。

「これはこれは」

メフィストの口元に、淡い笑いが浮かんだ。巨獣が前足で地を掻《か》いた。厄介なものが立ち塞《ふさ》がったのに間違いはなかった。

形のあるものたちを始末するにも、それなりの時間がかかった。永久機関のエネルギーに同調した妖獣たちは、「大地《ランドマスター》」のエネルギー照射にも耐え抜き、「大地」側は、マスタートン博士と二名を残して壊滅してしまったのである。

前方に横たわる妖獣たちの死骸《しがい》を踏んで簡易トーチカに迫った博士たちは、眼を剝《む》く羽目《はめ》になった。

それは二つに裂けて、ヤンの姿は何処にもなかったのである。破壊ではない。自ら開き、外へ出たのだ。〈最高危険地帯《MDZ》〉へ!?

マスタートン博士の勝ち誇った顔に、不安の色が揺れた。しかし、彼はすぐ、前方に広がる妖樹錯綜《さくそう》する森の奥を示して、

「行くぞ！」

とひと声、先頭に立って走り出した。

ヤンは夢心地《ゆめごこち》であった。

トーチカから出て、どれくらい歩いたのかもわからない。一分足らずのようでもあり、丸一日過ごしたような気もした。

幸せなのは、エリザベスのおかげだった。昔から花のように明るい妻は、彼の手を引いて、森の奥へと進んでいく。

「何か暗くないか？」

エリザベスは首をふって、

「木漏れ日《こもれび》が、道を照らしているわ」

その通りだ。

「頭の上で、おかしな鳴き声がしないか？」

「いいえ。小鳥たちのさえずりよ」

その通りだ。

「前に、白い影がいっぱいいるぜ」

「いいえ、私たちと同じ恋人同士よ」

その通りだ。

「早く仲間に入りましょう」

エリザベスの声が、鈴のように耳の奥に鳴り渡る。

ヤンがポケットの中で、それを握りしめていたのは、本能によるものか。スイッチをOFFにする前に、わずかながら浴びていたエネルギーの助けによるものか。

自分でもわからぬうちに、ヤンはスイッチをONに入れた。

脳が活性化した。

世界は一変した。

ぼろをまとった半腐《はんぐさ》れの男女が、こちらを向いている。剝き出しの歯は単に唇が溶けたせいではな

く、笑っているとしか思えなかった。

「エリザベス!?」

「何ヲ驚イテイルノ?」

同じ姿形のものが訊《き》いた。

わずかに乾いた肉がこびりついた骨指が、ヤンの背を押した。

「やめろ!」

悲鳴とも泣き声ともつかぬ声をふり絞《しぼ》って、ヤンはやって来た方へ走り出した。

「待ッテ、やん」

「待テエ」

もはやエリザベスの声ではない、腐った女の叫び。なぜ、自分《おれ》の名前を知っている?

「アナタノ心ヲ読ンダノヨ」

耳元でするとは思わなかった。

形容し難《がた》いものが、右の頬《ほお》に触れた。エリザベスの腐れ爛《ただ》れた顔だ。絶叫とともに、ヤンはその首を抱《かか》え、前方に放り投げた。


女の身体は地面に激突し、呆気《あっけ》なく四散した。

——何だ、こりゃ? 自分《おれ》、強くなってる?

熱いものが身体を駆け巡っている。

ヤンは両足に制動をかけて、ふり向いた。

奴らが追ってくる。ゾンビとは思えぬ俊足ぶりに、ヤンは呆《あき》れたが怖くはなかった。

「来やがれ」

叫びつつ自分から突進した。

子供の喧嘩《けんか》のように両手をふり廻《まわ》しただけで、敵は首を傾《かし》げたくなるほど簡単に塵《ちり》と化した。

「おい……自分《おれ》って……どんどん強くなってくんな。こいつはいい。誰にも負けねえ。世界は、自分《おれ》のもんだ!」

「そいつはよかったな」

皮肉っぽい物言いよりも、前方に人がいることが、ヤンを驚愕《きょうがく》させた。

着流しの老人だ。

——やくざ、か? どうしてこんなところに?

「おめえ、持ってるな。しかも、スイッチはＯＮだ。さっさと切れ！」

老人の怒号には、得意の絶頂さえ破壊する凄《すご》みがあった。ポケットの中で、ヤンは従った。

「次はそいつを渡すんだ。おめえみてえな餓鬼《がき》が持ってってもロクなことにならねえ」

老人は右手を突き出して近づいてきた。

「ふざけるな！」

ヤンは歯を剝いた。

「自分《おれ》はこれで世界を征服するんだ。そうできるって、今わかった。誰にも邪魔などさせねえぞ」

「そういう野郎の邪魔をするのが趣味でなあ」

老人は腕まくりをした。

「なに吐《ぬ》かしやがる。こっちは現役だぞ、ジャパニーズやくざなんぞに歯が立つ相手かどうか、たっぷりと教えてやる。かかってこい！」

「このタコが！」

両者は激突した。


拳《こぶし》が一度だけ風を切り、鈍《にぶ》い音が試合終了を告げた。

老人は、がっくりと路上にへたり込んでいた。その顎《あご》へ見事なフックを決めたヤンは、素早く反転し、腰のホルスターからマグナム・ガンを抜いた。

「こいつもパワーを増してるぜ。くたばりな、爺《じい》さん」

背後に気配が生じた。

ヤンはふり向いた。

巨大な獣がこちらをねめつけていた。鎧のような甲殻で覆われた身体は、ある距離まで近づけば、敵は身じろぎも不可能な威圧感に満ちていた。

永劫《えいごう》のエネルギーを浴びたヤンですら、思わず立ちすくんだ巨影のかたわらに、白いかがやきが生じた。

「ドクター・メフィスト⁉」

〈新宿〉とは無縁の兵士ですらその名は知っている。知識がもたらす驚きよりも、その美しさにヤンは戦慄《せんりつ》した。

「どうして、ここに？」

「彼に聞いた」

メフィストは、巨獣の甲殻を撫《な》でた。

「昔、ここで傷の手当てをしたことがあってな。外からの訪問者は、ここに棲《す》むものたちの間で話題になっていたらしい」

ヤンは歯噛《はが》みをした。その表情が少しずつ、自信に満ちたものに変わっていった。

「ドクター・メフィスト、初めてあなたの名を聞いたときは、死んでも会いたくないと思った。だが、今はどうやって始末しようかと考えているよ」

「健全な考えだ」

メフィストは静かに言った。

ヤンの首すじをうそ寒い風が吹いた。

銃口をメフィストに向けた。

メフィストのケープが白い花弁《かべん》のように持ち上がった。

音もなく照射されたエネルギーは、巨獣をよろめかせ、メフィストのケープを震わせた。

一〇メートルほど向こうに、マスタートン博士と二人の兵士が立っていた。

「役者が揃《そろ》ったな」

地上で老人が皮肉っぽい声を出した。その語尾に重ねて、

「ドクター・メフィスト——この中で貴方《あなた》だけが異《い》邦人《ほうじん》だ。黙って背を見せてくれればすべてを忘れよう」

マスタートン博士であった。

2

メフィストがどう応じるつもりだったかはわからない。

重い発射音が連続した。

博士と「大地」の前方に、白い円がさざ波のよう

に広がった。張り巡らされたエネルギー壁《ウオール》に穿《うが》たれたマグナム弾の弾痕であった。パワー満点といっても、拳銃弾ごとき、たやすく食い止められるはずだ。

だが、延長線上の兵士たちが血煙《ちけむり》とともにのけぞったではないか。

博士が愕然と、

「貴様《きさま》――永久機関を使ったな⁉」

その右肩が血と肉を噴《ふ》いた。

衝撃でのけぞる博士を見て、ヤンは哄笑《こうしょう》を放った。

「見たか、どんなにエラそうな野郎だろうと、今の自分《おれ》にはでく人形と同じさ。さ、おまえもどくんだ、ドクター・メフィスト。でねえと」

その顔前を巨大な影が塞いだ。巨獣は全長七メートル、足底から頭頂部までの高さは三メートルを超えている。体重は約一〇トン――それが時速一〇〇キロでヤンにぶつかったのだ。


マグナム・ガンが火を噴いた瞬間、銃口と巨体との距離は一〇センチもなかったろう。

巨体が吹っとんだ。

一〇メートル後方の地面に激突したその頭部には、直径一メートルもの射入孔《しゃにゅうこう》が空《あ》いていた。巨獣はわずかに痙攣し、動かなくなった。即死である。

「聞きしに勝《まさ》る威力だな、永久機関よ」

白い医師の声にも揶揄《やゆ》じみてはいるが、感嘆の響きが隠せない。

銃口はその眉間にポイントを決めた。

「ドクター・メフィスト――危ねえ。下がっておくんなさい」

老人が声を張り上げた。

それに対して、

「来たな」

とメフィストは言った。その言葉を確かめでもするかのように、眼は半眼《はんがん》に閉じていた。

上空におびただしい凶声と羽搏《はばた》きが巻き起こったのは、その瞬間だった。

ヤンと老人が頭上をふり仰《あお》ぐ。陽光は閉ざされていた。

蒼穹《そうきゅう》は黒く染まった。〈公園〉内の鳥類が一気に舞い上がったのだ。そのどれもが奇怪な頭部を同じ方角へ向けていた。

北――〈高田馬場〉の方角だ。

その上空に黒点が浮かんでいる。否《いな》、近づいてくる。

ヤンも、マスタートン博士も視線を浴びせた。

鳥だ。

「鴉《からす》か?」

と老人が呻《うめ》いた。

それが半分正解だとわかったとき、凶鳥どもは一《いっ》斉《せい》に侵入者へと襲いかかった。

大鴉の背に、もう半分の正解がまたがっていた。

何やら呪文《じゅもん》めいた言葉が宙を舞うや、凶鳥どもは身を翻して逃亡に移った。

「ドクター・メフィスト」

呪文の声が可憐《かれん》な叫びに変わるや、濃紺《のうこん》のサテン・ドレスをまとった右手から、円筒状のものが投ぜられた。

メフィストの手がそれを受け止めると、大鴉と投《とう》擲者《てきしゃ》は大きく方向を転じた。豊かな金髪とつぶらな碧眼《へきがん》の下で、小さな唇が笑《え》みを浮かべていた。人形の顔だ。

「トンブによろしく」

右手の円筒を掲《かか》げて、ドクター・メフィストは去りゆく者に告げた。

そして、彼はヤンと相対した。

「お、おれと同じ品――偽物だ」

はっきりと怯《おび》えを露呈する若者へ、

「試作品と言いたまえ」

メフィストは訂正した。

「うっ!?」

三つの唇が同じ音を放った。

ヤンと——老人と——マスタートン博士と——

彼らは急激な体内エネルギーの減少を感じたのだ。

「ドクター・メフィスト——何です、それは?」

老人が顔を歪《ゆが》めて訊いた。

「永久機関の試作品だ。だが、発生するエネルギーのベクトルは、マイナスへ向いている」

ヤンが眼を剝いた。

「じゃあ——これと反対——チャラになっちまうのか⁉」

「そうだ。このまま作動させ続ければ、宇宙の全エネルギーは熱い平衡《へいこう》状態に達する。つまり、エネルギー的死だ。宇宙は誕生以来、初めて静かな世界になる。さすがはトンブ・ヌーレンブルク。ここへ来る前に託した甲斐《かい》があった」

トンブ・ヌーレンブルク——〈高田馬場〝魔法街〟〉に住む、今やチェコ一となったデブの女魔道士の名前であった。

「やめろ!」

絶望がヤンに狂声を放たせた。エネルギー的死——それは、彼の子供じみた夢想が灰と化することを意味するのだ。

銃口はメフィストに向けられた。大空に突きつけられたその機械に。

ヤンの頭部が内側から弾《はじ》けた。同時に心臓から背中へ匕首《あいくち》が抜けた。永久機関の洗礼を浴びたばかりの肉体も、同じ力《パワー》を有する二人分の攻撃には力《ちから》負けしたものか、それとも逆永久機関の勝利か、全身血にまみれた身体は、ぴくりとも動かなくなった。

「ドクター、止《や》めておくんなさい」

老人——湯間嘉次郎が地面から求めた。土気色《つちけ》の顔である。

「でねえと、身体が凍《こご》えきって——心の臓が」

ふいにこわばった顔がゆるんだ。みるみる血色が戻る。

「ありがてえ、助かりましたぜ」

そこで、気がついた。メフィストのせいではない。彼は何もしていない。

メフィストの両眼は老人の後方に焦点を合わせていた。

ヤンのポケットから転がったものであろう。永久機関を高々と掲げ、その先端をメフィストに向けている恥知らずは、マスタートン博士であった。

「また、私の手に戻った。もう誰にも渡さんぞ」

そして、白い医師の凝視に気がついた。

「いよいよですな、ドクター・メフィスト」

急に勢いを強めた風が、その髪をなびかせた。

「私の永久機関が勝つか、あなたのまがいものが勝つか――世界が決めるだろう」

風が渦巻いた。博士の宣言を神が支持したかのように、〈最高危険地帯《MDZ》〉の木々は咆哮を放ち、妖物たちは牙《きば》を立て合った。

物理法則を無視したエネルギーの際限なき高騰《こうとう》。対して、あらゆるエントロピーの呵責《かしゃく》なき増大。果てに待つのは生か死か。だが、二人は知っているはずだ。生も死も辿《たど》り着くところは等しいと。

あらゆる生命が灼《や》き尽くされ、星々が灰と化す。宇宙さえ消滅するところ。

生命《いのち》の誕生が失われ、電子は陽子の彼方で動きを止める。そして、静かなる熱的死が訪れる地点。

それが今、わかる。〈新宿〉という名の街の、小さな〈公園〉の片隅で。

嘉次郎が額《ひたい》に手を当てた。

「何じゃこりゃ、どんどん力が漲《みなぎ》ってくるぞ。何事です、ドクター・メフィスト?」

そのかたわらで気配が動いた。

ヤンであった。

「大地」の兵士たちであった。

死者が甦《よみがえ》っていく。

「やめろ！　死人を生き返らせてどうするつもりだ!?」

嘉次郎が跳躍するや、ヤンの顔を打ち砕いた。血の霧がとんだ。

木立がのたうった。

ねじくれた枝が生《は》え、新たな幹が黒土を盛り上げて露出する。邪悪な地霊《ちれい》の顕現《けんげん》を思わせる妖景であった。

夕暮れの空が闇と化した。

天空を覆った色とりどりの怪鳥《けちょう》の群れは、すべて黒く映《うつ》った。何もかも熱い狂乱を開始しつつあった。

「患者の呼吸数上昇中」

医師の静かな指摘は、副院長を歓《よろこ》ばせなかった。

自分たちもおかしい。

「血圧もです。このままでいくと——快復します」

次の指摘に、看護師たちがよろめき、次々に倒れた。

副院長は、奥歯を舌で押すと、小さく低くつぶやいた。

「院長より許可されている特別権限をもって指示する。全病棟を閉鎖せよ。目下来院中の人々を、ひとりも外へ出してはならん」

彼は空中を見つめた。

ロビーの光景が浮かんだ。

凄絶《せいぜつ》な争いが始まっていた。

患者同士が摑《つか》み合い、殴《なぐ》り合い、止めようとする保安係もいつの間にか加わってしまう。銃火が入り乱れ、レーザー・ビームが人々を薙《な》ぎ払う。どの顔も高揚を示していた。人々は嬉々《きき》として殺戮《さつりく》にふけっているのだった。

「戻りましょう」

〈大京町《だいきょうちょう》〉の路地で、〈西新宿〉に事務所兼せんべい屋を構える黒ずくめの人捜し屋が、追い詰めた男に呼びかけた。

自らの置かれた状況よりも、相手の美貌《びぼう》が、男に抵抗をやめさせた。珍しいことではなかった。

今日は違った。

男はカプセルを呑《の》み込んだ。

一秒とかからず変身が始まった。筋肉が骨格が内臓が、別の生命体へと変化する過程で苦鳴を響かせる。

五メートルにも達した腕は猛禽《もうきん》類の翼と化していた。

それが急に止まった。骨まで食い込む痛みが、男を金縛《かなしば》りにしていた。

成鳥に変わる前に、美しく危険な猟師の罠《わな》にかかった雛《ひな》のように、それは翼を畳み、胴に押しつけて動きを止めた。二人の間に眼に見える物体は存在しなかった。

だが、違う、と人捜し屋は判断した。指が感じたのである。

それの変身は止まらなかった。翼は広がり、胴は肥大した。どちらにも赤い線が走った。線は確かに翼と胴を一巡したのである。どちらも鮮やかな切り口を示して切断されるはずであった。

だが、瞬《またた》く間に線は消え、それは望みの翼と身体を備えるや、羽搏きひとつ――宙に舞い上がった。

「やるなあ」

茫洋《ぼうよう》とした声が追った。それはもう一〇メートルの高みにあった。

「けど、こっちもやるみたいだ」

彼は右手の指先を、ちょっぴり動かしただけだった。本当にそれだけで、夕闇に溶け込みつつある鳥の影は、大きく傾いた。両翼が半《なか》ば裂けたのである。今度は癒着《ゆちゃく》しなかった。鳥は落下をはじめ、途中で半回転して頭から地上へ落ちた。

嫌な音がして、灰色の地面に派手な色彩がとび散った。

「まだだよね」

凄まじい戦いとその結果の当事者は、春風駘蕩《しゅんぷうたいとう》たる声音《こわね》とともに、それの方に近づいた。
五、六歩進んだところで、それは起き上がった。潰《つぶ》れた頭部が逆転撮影のように形を整えていく。
「見つけた——でも、誰も大人しくついてきてくれない」

それどころか、そいつは鳥のような嘴《くちばし》をがちがち鳴らして、戦闘意欲をぶつけてきた。

そんなものはどこ吹く風。

「依頼人は無傷で会いたがっていたんだけどなあ。今夜はみんな少しおかしい」

夕闇のあちこちで銃声や爆発音や悲鳴が聞こえてきた。

それらをどう感じたふうもなく、人捜し屋は、のんびりした足取りで妖魔の方へ向かっていった。

3

あらゆるエネルギー上昇が見られたと、明日の〈区役所広報課〉は告げることになるだろう。それはこう続けられる。〈中央公園〉の一点で生じ、突如として——

熄《や》んだ。

無数とさえいえる生のどよめきはぴたりと停止し、あらゆる動きが止まった。

何処かで何かが起こった——みな気がついた。

〈中央公園〉の一角で、白い医師が銀色の円筒を外国人科学者に向けていた。

あらゆるエネルギー・ポテンシャルの低下の果てに待つ熱的死へと世界を導くか、メフィストよ。

「昂揚《こうよう》の果てに死ぬか、夢もなく滅びるか、人類にはどちらがふさわしい?」

マスタートン博士が眼を閉じた。

せめぎ合う力と力の片方が波濤《はとう》と化して片方を呑み込んだ。

〈新宿警察〉の死体置場で死者が眼を開いた。

〈歌舞伎町〉のあるキャバレーで、倒れていた歌手が、朗々《ろうろう》と声を張り上げ出した。

〈住吉町《すみよしちょう》〉のエネルギー供給所で、プラズマ炉の温度が急上昇を開始する。

片方が反撃に移った。

ドライバーたちが運転を放棄する前に、エンジンは停止し、〈新宿通り〉も〈靖国通り〉も車の列で埋まった。

〈左門町《さもんちょう》〉上空で交戦中の密輸グループのヘリと警察ヘリとが、ともに墜落。燃料は満タンに近かったにもかかわらず、燃焼はせず、乗員たちも無傷で眠りについていた。

〈歌舞伎町〉の銀行ギャング対警官隊の射ち合《う》いの最中、全員が射撃を中止し、その場に坐《すわ》り込んでしまった。何事だと疑念を抱《いだ》く者もいなかった。その前に何とも平和な気分に陥《おちい》ってしまったのである。

この奇怪なせめぎ合いの中で、ただひとり、平常を維持している者がいた。

彼はついに立ち上がり、部屋を出た。


「このままでは危険だ。どっちも何を考えている？私のこしらえた傑作をオモチャにするな」

彼は隔離《かくり》されていたが、今、その前に立ち塞がるものは誰もいなかった。


「やめてくれ、ドクター・メフィスト」

地べたの老人が悲痛な声をふり絞った。

「このままじゃ、みんなおかしくなっちまう。地獄と極楽を往復してるようなもんだ。どっちかに決めてくれ」

応《こた》えたのは別の者たちであった。

空中から次々に戦闘服姿の兵士たちが出現し、科学者と医師と老人の周囲に着地するや、猛烈なレーザー照射を浴びせたのだ。

木立は火を噴き、マスタートン博士の顔面は光に貫《つらぬ》かれ、メフィストは縦に両断された。レーザー砲に装着された射撃コンピュータにミスはない。

だが、彼らはコンピュータ演習では経験しなかった事態に直面することになった。誰も倒れなかったのだ。

「ヤンを救出に来たか」

マスタートン博士の両手が伸びると、兵たちは胸を押さえて倒れた。彼らの心臓は爆破されていた。

「D移送砲！」

と隊長は叫んだ。

米軍には各基地に〈新宿〉用の火器、兵器が備わっている。兵たちが用意したのは、重機関銃《ヘビー・マシンガン》ほどのサイズで、遥《はる》かに太い銃身を持ったメカであった。燃料用発電装置を取りつけた重量は二トンを超す。五人がかりでも閉口するそれを、砲手はひとりで移動させた。機動戦闘服の成果である。

「全員、砲の後方へ移動」

これで我先になった。

「照準よし」

「発射」

世界が歪んだ。自分の身体があり得ない方向へ引かれるのを兵たちは感じた。縦横高さに加わるもうひとつの方向。D——次元《ディメンション》移送砲は、彼らにそれを理解させつつ、標的を別次元へ放逐《ほうちく》するものだ。

マスタートン博士も老人も白い医師も幻のごとく歪み、背後の光景が透《す》けた。

次の瞬間、三人は消えていた。

射ち方止《や》め、と命じた隊長はすぐにD砲を撤去させた。まだ非公開の兵器だ。次元の壁を破ったとなれば、世界中の敵対国家が機密奪取に動き出す。

次はヤンの捜索だったが、これはすぐ絶望的な結果に終わった。

「死体を回収しろ。それから円筒状の物体を捜せ」

一〇分ほどで結果が出た。見つからなかったのだ。

「やむを得ん、全員撤収だ。死体は——」

周囲を見廻し、唸《うな》り声に気づくと、

「放置せよ」

と命じた。

やがて、〈最高危険地帯《MDZ》〉に静寂が戻った。ついさっきまで、その土地で、その名称にふさわしい戦いが繰り広げられていたと知る者は誰もいなかった。


物理学者の見解では、空間というものも、自然法則に則《のっと》って存在する以上、他の物質と同様、破壊や摩擦は免《まぬが》れない――これは次元にも通用する。

〈新宿〉という極《きわ》めて異様な世界を含む空間は、他の次元と接触した場合、その境界での摩擦及び破壊は著《いちじる》しく増大する。

〈新宿〉にはそんな場所が幾つもある。

例えば、ここ。

〈四谷《よつや》ゲート〉に近い一地点。

突如、その外国人が落ちてきたとき、観光客たちは悲鳴を上げてとびのいた。

またかよ、というふうな表情で慌《あわ》てず騒がず様子を見ているのは〈区民〉に違いない。

外国人は足から着地し、衝撃で大の字になったが、すぐに起き上がった。老人だ。学者みたいな顔立ちをしている。

ちょうど居合わせた警官が、マグナム・ガンに手をかけながら近づき、

「名前は？」

と訊いたが返事をせず、周囲を見廻すと、

「GATE」

つぶやいて、そちらへ歩き出そうとした。警官は制止したが、完全に無視され、怒りのあまり、足下《あしもと》へ威嚇《いかく》射撃を行なった。妖物と判断した場合は射撃許可が出ている代わり、判断ミスは厳罰に処される。

「止まれ！」

喚《わめ》いた。キレかかっていると意識した。これを正常に戻すには多大な労力を必要とする。キレたほうが楽だ。こいつは――何もない空間から落ちてき

た。そして、警官たる自分の制止に応じようともしない。

銃が跳《は》ね上がった。

一〇メートルも離れた外国人の後頭部に小穴が開き、眉間から噴出した。脳漿《のうしょう》、否、脳そのものが。

外国人は前のめりに倒れた。

一瞬、警官は訊いてみたいと思った。

「おまえは何を考えていた?」

マグナム・ガンを下ろさず、警官は倒れた外国人に近づいた。ここから復活してくる連中は山ほど目撃した。

だが、外国人が即死状態なのは、すぐにわかった。こいつは死んでいる。何処から何の目的で来たのか不明なままだが、もう死んじまったんだ。

警官はふと、彼の腰の辺りに転がっている円筒に眼をつけた。

現場保存をしなくてはならない。それに触れもせず、警官は通信機を〈新宿警察緊急連絡センター〉へつないだ。円筒がOFFに入っていること、それが世界と自分の生命を救ったことに彼が気がつくはずもなかった。

連絡が終わると、少し離れた展望地点で、女の悲鳴が上がった。

警官は舌打ちして、携帯スプレーを取り出し、死体の周囲に黄色い輪を描いた。蛍光塗料を含んだ輪は、まばゆいかがやきを放った。

悲鳴の主は四人組の女性観光客のひとりだった。そばにいるオヤジに尻を撫でられたという。

「悲鳴を上げたら、あなたが来た方へ逃げて行っちゃったわ」

警官は慌てて駆け戻り、輪の周囲に出来た観光客のこれも輪を押しのけて死体を調べた。死者に異常はなかったが、あの円筒は消えていた。痴漢の真の目的は、盗みだったようだ。

〈四ツ谷駅〉近くのバーへ入り、財宝《たから》八州美は、まずウイスキーのダブルを続けざまに三杯も空けて、バーテンを驚かせた。

たちまち、両側に悩ましいボディと咳き込《せ》みたくなる香水の匂いが止まった。

「ご馳走《ちそう》になっていい？」

「おお、いいとも。好きなだけ飲みたまえ」

「わあ、太っ腹。ね、タケちゃん、あれ開《か》けて」

「へい」

バーテンはにやりと笑って棚をずらし、奥の棚から古風な瓶《びん》を取り出して、女たちのグラスを満たした。

たちまち瓶の中身は消えた。

その間、この客が少しも騒がず、女たちの話にも適当に相槌《あいづち》を打つだけで、おかしな金属製の円筒をいじくってにやにやしているのを見て、さすがに気味が悪くなって、

「お客さん――すいませんが、先にお勘定願います」

と愛想《あいそ》笑いで切り出した。

「いいとも。幾らだ？」

「ちょっとお高めのボトルが空いちまいまして」

メモの切れ端に書かれた数字を見ても、客は少しも動じず、

「三〇〇万？　いいとも」

三人が異様な表情に変わるのを楽しむみたいにうなずいてから、

「――どうせ払わんしな」

「お客さん、ご冗談を」

来やがったな。バーテンの眼は据《す》わった。ようやく彼の世界が到来したのだった。

「冗談じゃないね」

客はますます濃い笑顔になった。

「そうですか。なら、お宅か会社のほうへ出向かせてもらいますが」

「どっちもない。女房も子供も親類もな」

「じゃあ、死ぬまで〈歌舞伎町〉の地下で穴を掘っ

てもらおうかい？　え？」

打ち合わせ済みのホステスたちが、素早く両腕を押さえた。

抵抗と逃亡を防ぐためである。

「ちょっと、お客さん、冗談が過ぎないこと？」

「いや、軽い冗談さ。もっと凄いのを見せてやろうか？」

酔ったふうな軽い口調に、こちらをぞっとさせるものがあった。一瞬、息を呑んでから、バーテンは、

「ああ、見せてもらいましょうかね」

カウンターの下で、安物のワン・コイン・ガン＝五〇〇円拳銃の撃鉄を起こした。

客はカウンターに置いた円筒を顎でしゃくった。抵抗する素《そ》ぶりも見せない。

右側のホステスが取り上げ、しげしげと眺めた。

「横にスイッチがある。それだ。押してみろ。ビクつくな。おれも一緒にいるだろ？」

女はバーテンを見た。この店にはやって来たこともないが、〈早稲田〉近くに多いＭＳ――狂人科学者《マッド・サイエンティスト》が出張して、あちこちの店でおかしな研究の成果を披露《ひろう》し、とんでもない事件を引き起こした話は、幾らも耳に入っている。

「怖いか、お兄さん？」

客は皮肉っぽい眼つきと声をバーテンに向けた。

「押してみろ」

とバーテンは言った。

「だってえ」

バーテンは円筒をひったくると、スイッチをＯＮに入れた。

財宝が店を出たのと入れ替わりに、サラリーマンらしい二人の客が入ってきた。すでに梯子《はしご》の後半らしく酒臭い。

入ってすぐ、二人は、あれ？　と洩らした。

誰もいない。

カウンターもテーブル席も酒棚もそのままなのに、突如、幽霊屋敷と化したかのように、店内には人っ子ひとり、生者の姿が見られないのだった。

血相を変えて、病院中を虱潰《しらみつぶ》しにした挙句《あげく》、絶望の中に活をとも思わず、ほとんどやけっぱちでその扉を開き、介護士は眼を剝いた。

「よお」

と最初からここにいたぞとばかりに片手を上げてみせたのは、数分前まで確かにそこにはいなかった患者であった。

「身体検査と細胞レベルでのチェックをさせていただきます」

憮然《ぶぜん》たる表情の介護士へ、財宝八州美は笑顔を見せて、

「勿論《もちろん》だ」

と答えた。

第十章　生命《いのち》の彼方《かなた》

1

病室へ運び込まれた透視分析装置でのチェックを終了したところへ、副院長が顔を出した。

「誰にも知られず、外へ出ていらしたとか。どちらへ向かわれたのか、お教えいただけませんか？」

「何故《なぜ》だね？」

と財宝《たから》は眉《まゆ》をひそめた。

「〈四ツ谷駅〉近くのバーで、バーテンとホステス二名が失踪《しっそう》しました。それを発見した客が入店時、あなたと瓜二《うりふた》つの人物が出ていくのを目撃していますす」

「ほう、細《こま》かいねえ。ここは病院ではなく警察かね？」

「特A級の協力関係を結んでおります。客の記憶再生を依頼されたのです」

「それでか——間違いだ。迷惑だな」

「これが記憶画像です」

副院長がテーブルに置いた写真を見て、財宝はそっぽを向いた。

「よく似ているな」

「目鼻立ちも服装もまったく同じだと、一万点のチェックの結果です。院長は何処《どこ》にいるかご存じでしょうか？」

「知らないな」

「では——永久機関は？」

「何の話だね？」

その手元に、もう一枚写真が並んだ。

「遠くに〈四谷ゲート〉が写っています。あなたそっくりの人物が円筒を拾い上げている。ゲートの監視カメラですが、細かいところまでよく写っていますな。右眼の下の黒子《ほくろ》まで」

「——その先は見たのか？」

「え？」

副院長の表情が劇的に変わった。

「実は、私も少し気になっているところなのだよ。これだけ経《た》てば、世界はもう破滅しているはずなのだが——何も起こりやせん」

「あなたは——財宝さん——まさか、あれを……」

〈亀裂〉へ？……」

呆然《ぼうぜん》と揺《ゆ》れる声を浴びて、患者の顔に凄《すさ》まじい笑《え》みが広がっていった。

病室は死者の国と化した。

そこへ、別の医師からの緊急連絡が入った。

「湯間めぐみさんが失踪いたしました」


めぐみを招いたのは、祖父の嘉次郎であった。

〈亀裂〉から救出され、マスタートン博士の妖術を払拭《ふっしょく》するための治療を受けて眠っている——その夢の中に現われたのである。

祖父は苦しげに、

「わしゃあ今、別の空間に閉じ込められて出られねえ。幸い、一番仲のよかったおまえとだけ、こうやって連絡がつく。すぐに〈四谷ゲート〉へ行け。そして、エレベーターで最下層——三〇〇メートルまで下りるんだ。だが、目的地はもっと下だ。そこからは岩壁を伝って下りろ。道具は、調査用のがある。急げ。急ぐんだ」

——お祖父《じい》ちゃん。何処にいるの？

夢うつつで訊《き》いた。めぐみはこの祖父が大好きだったのだ。

「——急げ……ドクターも捜《さが》してる……わしのほうが先に……見つけたんだ……急げ……」

——そこへ行って、何をすればいいの？

「……わしを生き返らせた……機械の……親玉だ……ぶっ壊せ」

——わかった。やってみる。でも、ここは——出られない。すぐ見つかっちゃうよ
祖父が右手を伸ばしてきた。

「掴《つか》まれ。これでおまえも見えなくなる」

その通りだった。

それから、どうしたのかは、途切れ途切れの記憶しかない。

身仕度《みじたく》を整えて病室を出た。ホールまで下りて、病院を出ると、

「ここまでだ、頼むぜ」

苦しげに言って、祖父は手を離した。

タクシーを拾って〈四谷ゲート〉まで来るのは簡単だった。

エレベーターで最下層まで下りた。

地下で見つかった遺跡のうち、安全が確認されたものは、観光客たちの見学コースに編入され、〝区外貨〟獲得のベスト3の常連だ。

誰もいない。

通路を歩いていくと、突き当たりの少し手前に一本、〈亀裂〉の方へ枝分かれした道があった。黄色い「立入禁止」テープが貼ってある。

テープを剝《は》がして入った。

前方に鉄の板が何枚も並んで、その奥を隠していた。

めぐみは一枚を摑んで持ち上げた。簡単に上がった。誰かが助けてくれているような気がした。

〈亀裂〉が口を開けていた。縄梯子《なわばしご》が下りている。

祖父が言っていた道具とはこれと、そのかたわらに畳んである登山服及び酸素マスクであった。マスクに仕込まれた超小型の酸素ボンベは、三時間の呼吸を保証してくれる。

五分で身につけ、

「行くわよ、お祖父ちゃん」

こう言って、めぐみは果てしない暗黒へと導く縄の梯子を下りていった。

恐怖は感じなかった。祖父と夢の中で遭遇《そうぐう》して以来、一種の夢遊状態にあるのだった。黙々と五〇〇メートルほど下りると、別の遺跡があり、その入口に新しい服とマスクと縄梯子が用意されていた。

目的地はここではなかった。

休みもせず、めぐみは次に一〇〇〇メートルを下

りた。

この辺まで来ると、岩壁のあちこちに空洞《くうどう》が開いている。ほとんどは調査隊が入ったものの、安全性に確信が持てぬまま、放置されている遺跡群であった。

地上から五〇〇〇メートルを越えた辺りから、めぐみは異常を感じてきた。

白い靄《もや》の中であった。正確にはガスだが、その成分はほとんど分析の手を拒《こば》んでいる。

下方に空洞が見えた。最後の遺跡である。その下にはいまだ発見されていない。

それも越して二〇〇メートルほど下りたとき、下から近づいてくる気配が感じられた。ひとつや二つではない。ひどく危険なものを感じて、めぐみは梯子を昇りはじめた。

下のものは止まらず上がってくる。

ふっと見た。異様に手足の長い、イチジク状の頭部を持った白い生物であった。

恐怖が喉元《のどもと》までこみ上げてきた。夢中で上がった。自分でも信じられないスピードで、遺跡の入口に着いた。

安堵《あんど》の吐息《といき》を洩《も》らして、横を見た。

異様に耳の大きな、眼のない顔が、こちらを見つめていた。

――!?

夢中で洞窟《どうくつ》へとび込んだ。

白いものもついてきた。

奥へと走った。長い通路がどこまでも続いている。黄色いテープが何カ所も見えた。

ふり返った。床にはいなかった。ヒケを取らぬ速度で壁と天井を這《は》い飛んでくる。

不意に足下《あしもと》が崩れた。

声を出す暇《いとま》もなかった。

全身を衝撃が叩《たた》き、めぐみは失神した。

熱い。首すじを拭《ぬぐ》う感触で眼が覚めた。自分の手だった。

地の底だと思った。

出どころ不明の薄明《はくめい》が世界を浮かび上がらせている。

途方もなく広い空間を岩と白いガスが満たし、ガスは横たわるめぐみの身体《からだ》を半ば埋めていた。

網膜《もうまく》が朧《おぼろ》な点滅を繰《く》り返しているのをめぐみは意識した。

前方――距離感のまったく摑めぬ先に、何か巨大なものが広がり、それが膨縮《ぼうしゅく》を繰り返すたびに内部からかがやきを放ち、また闇に吞《の》まれるのだった。

めぐみは立ち上がった。

身体の節々《ふしぶし》がひどく痛んだが、気にもならなかった。

「お祖父ちゃん――ついててよ」

足下は安定していた。小さな岩は整地の後のように凹凸《おうとつ》の少ない道を成していた。

どれくらい歩いたかわからない。遮《さえぎ》るものはいなかった。白い奴《やつ》らは前方の巨大な存在を恐れているかのように感じられた。

光るものが舞っていた。蛍《ほたる》を思わせるそれは、めぐみの記憶の中にある、或《あ》る形を取っていた。

寄ってきた。手を伸ばすと遠ざかり、下ろすと近づいてくる。何度かフェイントをかけて捕らえようと試みたが、失敗に終わった。

だが、すぐに正体はわかった。

空飛ぶ胎児《たいじ》だ。正体と言えれば、だが。

外側は透明な羊膜《ようまく》を思わせる膜に包まれ、全身を満たす羊水《ようすい》が発光しているらしい。

こんな地の底に胎児が。

新しく生まれるものが。

めぐみの心臓が止まった。

再開するまで、めぐみは死者であった。

生まれて良いものと悪いものとがあるのではないか。子供じみた問いは、胸の中で熱く膨《ふく》れ上がり、血管に血を押しやった。時速二〇〇キロ超で駆け巡る血は、心臓の鼓動《こどう》を限界まで打ち鳴らした。

それが見えてきた。

視界を巨大な空間と巨大なものが埋めはじめた。

光を放つ泥かと思った。

違う。

眼を凝《こ》らした。

さっきの考えが再臨した。

新しい生命《いのち》。

脳が最初に認識したものは、ふっくらと柔らかそうな下半身であった。赤子《あかご》のものだ。胡座《あぐら》をかいている。二段腹のくびれの間から、臍《へそ》らしいものが見えた。〈歌舞伎町〉に出没する食人鬼《グール》なら、涎《よだれ》を垂らすに違いない。

足に劣らない丸太の腕は片方を下腹に置き、片方は上方の口元に上がって、親指をしゃぶらせていた。

罪のない唇の上に、団子《だんご》そっくりの鼻が乗り、その上に、小さな両眼が瞼《まぶた》を半ば閉じていた。

立たせれば、五〇メートルを超えるだろう。このサイズは無邪気とはいえず、もうひとつ、無邪気より邪悪の詰まった器官があった。

眼だ。

瞳は灰色だった。その中には映《うつ》っていない幸運に、めぐみは感謝した。

この巨大な胎児が新しい生命なのは間違いない。地の底でどう生きるのかは不明だが、生きていくだけなら問題はない。そう思ったのは、めぐみが女だからかもしれなかった。

頬《ほお》に空飛ぶものが当たった。

短い悲鳴を上げて、めぐみはのけぞり、それが足まで伝わって激しくよろめいた。

眼は胎児の顔を見たままだ。

開いた。

めぐみは自分を見た。

まだ顔は眠ったままだ。意識は宿っていない。

めぐみは身を縮《ちぢ》め、来た方向へ戻ろうと足を速める。

止まった。

凄まじい邪悪な意志が、めぐみを捉《とら》えていた。

――生かしておいては駄目！

石のような確信が心臓に当たった。

この地底に投じられた永久機関が生み出した妖《よう》体《たい》。それは地の底の国も、地上の都市も憎んでいた。否《いな》、自分自身を含むあらゆる存在を。

「〈亀裂〉でなければ――〈亀裂〉の底でなければ」

めぐみは絶望の呻《うめ》きを放った。

ゆらりと黒いものがのしかかって、めぐみを押し潰《つぶ》した。影だ。胎児が動いたのだ。全身が羊水と透明の膜に覆《おお》われているのは、小さな仲間と同じだ。

――だとすれば
胎児の全身がさっきより高みに移っているのをめぐみは確認した。

浮かぼうとしているのだ。


――こいつが、〈亀裂〉を出たら――

「駄目！」

夢中で叫んだ。

「誰か止めて。あたしにはできない！　お祖父ちゃん――助けて！」

影が近づいてきた。

実体なき黒影は、めぐみの呼吸を止めた。

「誰か、こいつを！」

絶望に〈亀裂〉が呼応したのかもしれない。

不意に呼吸が楽になった。

眼を開けた。そいつはなお宙にいながらも、動きを止めていた。

暗い。

影はなおめぐみを覆っていた。

別の影が。

それが闇色なのが不思議だった。

白いケープの上から、まばゆい美貌《びぼう》が、めぐみを見下ろしていた。

「治療中だぞ。お祖父さんに注意せねばならん」

患者を見る医師の眼差《まなざ》しは、慈愛に満ちていた。

「ドクター・メフィスト」

絶望のさなかで、〈区民〉の誰もが最後に呼ぶ名前だという。

2

めぐみの胸は安らぎで満たされた。理想の医師だけが患者に与え得るものだ。彼は前進し、空中に浮かぶ巨大な胎児を見つめた。

「〈亀裂〉の生んだ児《こ》よ。汝《な》は呪《のろ》われているか？〈魔界都市〉の児であるがゆえに？」

めぐみは気が遠くなった。

骨まで凍らせるものが吹きつけたのである。胎児が応じたのだ。

「やはり、な」

と白い医師は言った。

「〈新宿〉の魔性《ましょう》の気と、永久機関のエネルギーは、いかなる生命を誕生させたか、想像の通りだった。だが、それは不幸の極《きわ》みだ。児は自らの往《ゆ》くべき道も知らず、導く者もない。その未来《すえ》に辿《たど》り着く前に、〈新宿〉よ、私をこの児の主治医として雇《やと》い入れよ」

指示ではない。宣言でもない。いつものメフィストの冷ややかで静かな言い渡しだ。

胎児の邪悪な眼が、ふと上を見た。それから左右へ廻《まわ》り、白い医師へと戻った。

いつの間にか、無邪気からふてぶてしいふうに変わっていた表情が、急速に緊張に歪《ゆが》んだ。

メフィストが眼を細めた。患者を見る慈医《じい》の眼差しであった。

「その年齢《とし》で空気が読めるとみえる。では、その後はどうする。なおも世界を呪って私とこの街と戦うか、それとも我らの意を汲《く》んで患者の身に満足するか？　なかなか面倒な二択だが」

内容は不気味で危険この上もないが、相手を見つめるメフィストの眼は優しいままだ。胎児が闘争を選んでも、それは変わらぬかもしれない。

めぐみには永劫《えいごう》とも一瞬とも取れる決断の時間《とき》が流れた。

我に返ると、巨大なものは大地に広がっていた。

黒い地面に潰れた腰の辺りにメフィストは立っていた。

めぐみの頭に、奇妙な〝声〟が流れ込んできた。思念とも思いとも取れるそれを、めぐみの脳の何処かが理解し得る音声に変えているらしかった。

――生マレテコナイホウガ良カッタノカナ？

めぐみは驚き、胸が詰まった。これはあの巨大な胎児の心中の声か？　だとしたら、哀《かな》しすぎる。

だが、迎えた声は、こう言った。

「この世のあらゆるものは祝福されて生まれてくる。神とやらが、いまだ人類に絶望してはいないというメッセージを携《たずさ》えて、な」


ドクター・メフィスト――〈魔界医師〉。彼は医者だったのだ。

――ソウカナ、ソウカナ、本当ニイイノカナ？

その〝声〟は、胎児の何処かに開いた黒くて深い孔《あな》から洩れていた。

「いいとも」

とメフィストはうなずいた。

「たとえ悪魔《サタン》の嫡子《ちやくし》であろうと、我が患者に加わった者は、このメフィストが治してみせる。ことによったら、邪悪に染まりかかった魂《たましい》も限りなく白く」

安堵《あんど》がめぐみを捉えた。それは胎児のものであった。

気がつくと、涙が頰を伝わっていた。

ドクター――治してあげて、その児の魂を。たとえ〈魔界都市〉が生んだとしても、神様に祝福されるように。

「すぐに用意を整えよう」

メフィストは天空をふり仰いだ。地上までそれこそ五〇〇〇メートルか。彼の力をもってすれば、往復に三〇分とかかるまい。

近くにあった岩塊《がんかい》に、めぐみはもたれかかった。安堵が力を奪い、ずるずるとへたり込んでしまう。

地面についた手に、別の感触が伝わってくる。

摑んで持ち上げた。

「あ!?」

いきなり、ここへやって来た目的を果たしてしまった。

右手が摑んでいるのは、祖父が破壊しろと命じたあの円筒であった。

赤いライトが点《つ》いている。スイッチONだ。切ろうとしためぐみは思い留《とど》まった。あることが気になったのである。

祖父は、メフィストも捜している、彼より早く見つけて壊せと命じた。

何故? ドクター・メフィストは祖父の敵なのか? めぐみの疑問は一点に集中した。

永久機関を破壊すべきか否か。

だが、結論は早かった。

——お祖父ちゃん——見てて
胸の中で叫ぶなり、右手をふりかぶった——

次々とテレビ画面を飾る異変に、財宝は満足していた。

ほどなく〈新宿〉は潰滅《かいめつ》する。否、世界が。暴走するエネルギーは、地球一星のものではない。宇宙の一部だ。ドクター・メフィストであろうと〈魔界都市〉だろうと手の施《ほどこ》しようがあるまい。

何もかも吹きとんでしまえ。

財宝は高笑いを放った。

だが、彼はあることを忘れていた。

笑いが絶頂へ向かう途中で、心臓に凄まじい痛みが走ったのだ。

声も出ず、彼は椅子《いす》の上で身をよじった。

心臓だ。ここ一〇年ばかり収まっていた心筋梗塞《こうそく》が爆発したに違いない。

死にたくない。

世界が滅んでも、自分だけは死にたくない。

夢中で胸を叩いたが、痛みは深く鋭く刺し進んでくる。

「助けて……くれ」

必死で叫んだ——が、呻きで終わった。全身が凍りつき、意識が急速に遠のいていく。

「嫌だ。死にたくない。誰か——」

そのとき、暗黒の中から、

「元気かい？」

見覚えのある声と皺《しわ》だらけの顔が覗《のぞ》いた。

湯間嘉次郎だった。

「わしはまだ異次元——なのか、ここに捕まってるんだ。ところが、外へは出られねえが、外はみな見える。まるで神様だぜ。もっとも〈新宿〉限定だがな。諸悪の根源のおめえもいよいよお陀仏《だぶつ》か。いいとこ行きなよ。それからな、おめえが〈亀裂〉に放り込んだ機械は、今、わしの孫娘が見つけた。すぐにぶっ壊すだろう。それで、みいんな安心よ。〈新宿〉は元に戻るぜ。おめえはあの世で見ておきな」

「……止《や》め……止めろ……あれが失《な》くなったら……私は……復活できなく……なる」

「おめえみてえなイカレポンチは、死んじまったほうが、この世のためだ。諦《あきら》めろ」

「……おまえは……この世に……戻りたく……ないのか？」

「は？」

「おまえを甦《よみがえ》らせたのも……あのエネルギー……だ……その供給が途絶えたら……おまえも消えてしまう……可愛《かわい》い孫娘にも……二度と会えなく……なる……ぞ」

「——し、仕様がねえ」

「本当か……この世へ戻ってきて……愉《たの》しくは……なかったか？」

「そ、そら、まあ、な」

「……おまえは……死と生とを知っている……その上で答えろ……このままでいたくは……ないか？」

「冗談じゃねえ。このままでいたら、〈新宿〉は消えちまうぞ」

「スイッチを切れば……いい。そして……私のところに持って……こい……もっと安全な……エネルギー量に調節して……返す。それで……みんな安全……だ」

「信用できねえなあ」

老人はきっぱりと頭をふった。

「あばよ」

「――本当にいいのか？　世界などどうでもいい。自分のことを考えろ」

老人の表情に、明らかなためらいが浮かんだ。

「私の傑作を破壊させるな。私のところへ持ってこさせるんだ」

「嘘《うそ》をつくな」

嘉次郎は顔を歪めて叫んだ。

「じゃあなぜ、あのとんでもメカのスイッチを入れっ放しにして、〈亀裂〉なんかに放り込みやがった？　おめえの狙《ねら》いは世界の破滅だろうが」

「いや、そうだったんだが――その、人間気が変わることもあるじゃないか」

「どうしてだい？」

嘉次郎の声は棘《とげ》だらけになった。

「そら――気が変わったとしか」

「あんなもの放っときゃ世界がどうなるか、わしにだってちったあ想像がつかあ。おめえはワールド・デストロイヤーだ、デストロイヤー。あんな機械、今すぐ孫に言ってぶち壊させてやらあ」

「考え直せ。その孫娘と二度と会えなくなるのだぞ」

「構やしねえ」

「いや、構え。第一、あのメカを壊したりしたら、近くの者に何が起きるかわからんぞ」

「なにィ？」

嘉次郎の白い眉が吊《つ》り上がった。

めぐみは、ふり下ろそうとした手を止めた。

宙に眼を走らせて、

「お祖父ちゃん？」

と訊いた。

「やめろって——お祖父ちゃん？」

手の永久機関を見つめた。

「わかった。持ってく」

とメフィストの方へ眼をやったときは、円筒はポケットに収まっている。

メフィストがやって来た。

「どうするんですか、ドクター？」

と訊いた。ひどく疲れていた。

「彼は患者になった。入院させなくてはならん」

「入院って——ここから？」

「そうだ」

「お祖父ちゃんは——」

「生きている。ここを出たら、救出の手立てを整えよう」

「よかった」

めぐみは自分を抱きしめた。

胎児を指さし、

「入院させて——治す？　何をです？」

「〈新宿〉の魔法だ。君には見えんが、彼を守る羊膜の上に、隙間《すきま》なく貼りついている。外へ出すまいとしてな」

「じゃあ、出さないほうが……」

「あの児は、治療を望んだ」

「でも——」

言いかけて無駄だと悟《さと》り、質問を変えた。

ドクター・メフィストが入院させるというのなら、そうなるしかないのだ。

不意に、男がひとり——二人のかたわらに出現した。同じ位置と見えたが、一〇センチほど落ちた。

戦闘服の人工関節が衝撃を吸収する。出現地点がズレたのだ。

「——在日米軍の兵士だ」

とメフィストが言った。

「ミラボー・アサイラス中尉です。準備は整いました」

兵士は英語で言って敬礼した。

いつの間に？　とめぐみは訊きたかった。

その顔前に、次々と兵士が現われ、着地してのけた。

五人になったところで、今度は直径一メートルほどのパラボラ・アンテナ状の品を載せた台車が地面を揺すった。

「これが輸送器かね？」

「イエッサ」

「意外と小さなものだな」

「イエッサ。五人いますが、四人は護衛です。操作はひとりでできます」

四人の兵士は手にしたレーザー砲を外へ構えてメフィストを取り巻き、残るひとりがアンテナ状のものを胎児に向けた。

「輸送準備よし」

兵士が中尉の方を向いた。

「輸送開始」

中尉の声に、ブーンという響きが重なった。台車のコントローラーがライトを激しく点滅させ、五秒と経《た》たないうちに、胎児の巨体が歪みはじめた。

顔も体も、人間の形を留《とど》めなくなった——瞬間に消滅した。

「ご指示通りの場所へ輸送いたしました」

中尉が言った。

「ご指示に従い、兵士は待機しておりませんが、よろしいのでしょうか？」

「うちの職員に任せてもらおう」

メフィストは小さくうなずくと、

「ついでに我々もお願いする」

「イエッサー——カーボナン、ドクターとお嬢さんを同じ場所へお送りしろ」

イエッサと返事があり、アンテナがゆっくりとこちらを向いた。

さっきの音が、激しく鼓膜を叩き、めぐみは耳を押さえた。

3

それからのことは、よく覚えてはいるが、信じられなかった。

音が消えると、〈メフィスト病院〉の診察室の椅《い》子《す》に腰かけていた。

眼の前でカルテを読んでいたメフィストが、すぐに異常なしと告げ、

「お祖父さんが迎えに来ていらっしゃる。気をつけて帰りたまえ」

外には嘉次郎が待っていた。

「さ、帰ろうや」

何事もなかったふうである。めぐみは夢を見ていたような気分に陥《おちい》った。

「あたし——一体……」

「もう、気にすんな。おまえが見たと思ってるものは正しいのかもしれんが、周りは違うと主張している。今は何考えても無駄だ」

「あの——赤ちゃんは？」

「何じゃ、そりゃ？」

二人は〈市谷柳町〉の〝キャンプ〟に戻った。

「よお」

デンスケも戻っていた。

「お帰り」

父も母も祖母も元気な顔を見せた。

「もうわかんない」

これが〈新宿〉だ、という気もした。

めぐみが戻った。今日は一本つけろや」

「そうですね」

祖母も母もにこやかにうなずいた。

一家団欒《だんらん》で終わりか、とめぐみは納得した。誰かの配慮があったのだ。入院中の祖母もいるけれど、しばらくは何事もなく平和にやっていけるだろう。ひょっとしたら夢まぼろしかもしれないが、〈新宿〉ではよくあることだ。

「おまえも飲《や》れよ。ジュースでな」

祖父の笑顔に、めぐみはうなずいた。


〈亀裂〉と並んである意味有名な地下建造物に〈メフィスト病院〉の地下施設がある。

留保をつけたのは、それを確認した者がいないからである。病院の規模と構造と治療メカを動かす動力源とを考え合わせると、地下に巨大なエネルギー施設が存在しなければならず、誰もがそれは認めているのだが、スタッフといえど確認した者がいないのだ。

患者のひとりである科学者と建築士の見当によると、

「少なくとも、〈新宿〉の三分の一を占《し》める空間がないと、〈病院〉のメカを十全《じゅうぜん》に作動させるのは不可能だ」

ということになる。

誰もが、そんなものだろうと認め、しかし、あるとは言えない。「〈メフィスト病院〉七不思議」のひとつだ。

メフィストはそこにいた。

広さは、昨日の夜訪れた〈亀裂〉の底にひけを取らない。

だが、その存在を信じる人々の多くの想像とは異《こと》なり、そこは倉庫でも動力施設でもなかった。

果ても見えない空間に並んだものは、巨大な海底であり、洞窟であり、森であり、宇宙空間であった。

それぞれの占める部分は見えない障壁《バリアー》で隔離《かくり》されており、互いの存在に気づいているふうはない。空間は縦横無数に重ねられ並べられて、その果てはメフィストにすら見極めることは不可能に思えた。

空間内に納まっているのは、差し渡し数キロもありそうな魚とも蟹《かに》とも海老《えび》とも蛇ともつかぬもの、岩塊としか見えぬのに、時折、痙攣《けいれん》を放つもの、毛むくじゃらの獣らしきもの――そして、今メフィストが見つめる透明の膜に包まれた巨大な胎児であった。

それ自体は驚くに当たらないが、問題は、それらの一部に包帯が巻かれ、おびただしいチューブが刺され、その内部に薬液らしいものが流入していることだ。チューブの反対の端《はし》は天井に消えているが、これは点滴ではないのか。

巨大な胎児の頭部にはカップ状のヘルメットが被《かぶ》され、こちらも無数のコードがつながっている。

治療中なのだ。

ここは病室なのだ。

ぐっすりと眠っているふうな胎児へ眼をやっていると、〝隔離病棟〟の管理担当者から、連絡が入った。

「財宝氏が手術の執刀は是非とも院長にお願いしたい、と」

「副院長に決定している」

「それが、どうしてもお願いしたい、さもなければ、またあれを作って〈亀裂〉へ投じる、と譲りません」

「伺《うかが》うと伝えたまえ」

「承知いたしました」

要求の理由は簡単だった。ドクター・メフィストの倫理観以外は信じられないと言い張るのである。

「重症だが、さして困難な手術とはいえんが」

「いや、厄介者《やっかいもの》として処理される恐れが――」

言いかけて、気がついた。

「いやいやいや。この病院もスタッフも信頼はしておる。しかし、私をつけ狙う悪霊やギャングどもは数多いのだ。いつ何時《なんどき》、執刀医に憑依《ひょうい》したり、変身したりして抹殺《まっさつ》を謀《はか》るか、知れたものではないのだ」

「よろしい。お引き受けしよう。ただし、二度と永久機関は作らんと約束したまえ」

「わかった、わかった。誓うとも」

「では、明日、午前一〇時に会おう」

メフィストが出ていくと、財宝は邪悪な形に唇を歪めた。

「くくく、手術はよろしく頼むぞ。それが済んだら、また性懲《しょうこ》りもなくやってやる。約束など守るものか」

彼はベッドのマットの下へ手を入れた。戻った手には、あの円筒を握っていた。新品か改造品かはわからない。

「もう一本出来た。前の二本ほど出来はよくないが、私の手術後、宇宙を破滅させるには充分だ。ふふふ、名前は悪魔でも、医者は人を救わねばならない。それが裏目に出たぞ、メフィストよ」

メフィストは、巨大な患者たちの病室へ戻った。

部屋へ入るなり、双眸《そうぼう》が凄まじい光を放った。

「〈新宿〉の魔性よ、あの児は私に自分を任せた。おまえたちの出る幕はもはやない」

彼の眼は空間に渦巻く魔を見つめているのだろうか。

あらゆる〝患者たち〟が、蠢《うごめ》きはじめていた。見えない障壁がきしむ音を、メフィストは聞いた。それは無限とも思われる空間のあらゆる場所から響いてきた。

「少々、手に余る。使いたくはないが、やむを得ん」

彼は身を屈《かが》め、ケープの内側から右手を出した。手には円筒が握られていた。

それを床に置き、一秒と経たないうちに、危険な音は熄《や》んだ。

室内に渦巻く魔性の気は、エントロピー増大に従い、退《ひ》いていった。小さな熱的死が訪れたのだった。

ひとつだけ――

音もない破壊音をメフィストは聞いた。

あの胎児を封じた障壁であった。薄膜ごと巨体が流れ出た――としか思えぬ。

戻れ、とは言わなかった。

メフィストはゆっくりと歩き出した。

――何モカモ壊シテシマイタイ　止《ト》メラレナイ

「魔性の影響を受けたな。君は生まれたばかりで、生命に溢《あふ》れているせいだ。好きにするがいい。患者の行動に、医者は責任を持つ」

ぐらりと揺れが来た。

胎児の表情には狂気が宿っていた。負のエネルギー照射も効果のない生命の狂乱であった。

世界を暗黒が覆い――すぐに薄明《はくめい》が点《とも》る。

その間に、メフィストは胎児の足下に達していた。

胎児の凶眼が白い美神を映した。

メフィストの姿が、ふっと消えた。

胎児は滑《なめ》らかに前進した。〈新宿〉の魔に憑《つ》かれ、何もかも破壊させるべく。

動きが停止した。

丸まっちい右手が上がると、もっと丸まっちい膝《ひざ》をひとつ、ぽんと叩いた。

凶気の表情は忽然《こつぜん》と消滅していた。

叩いた生白《なまじろ》い皮膚の上に、メフィストが立っていた。そこは羊水の中ではないか――と言っても、仕方がない。彼は〈魔界医師〉なのだ。

「治療を続ける」

白い医師は優しく言った。

胎児も満足げであった。

財宝の手術は予定通りに執刀された。

ドクター・メフィストは、自らの患者ならば、悪魔であろうと治療する。財宝のその考えは正しかった。
手術は順調に進んだ。
財宝の意識は麻酔の眠りに溶けていた。
不意に老人の顔が浮かんだ。
――おまえは⁉
――ヒヒヒ、お気の毒さま――というのは、わしのこったな。まだ、おかしな世界をうろうろしとる。したがって、てめえの悪知恵も腐った思惑《おもわく》もみいんなお見通しだ。おまえのこさえた新しい腐れ機械も、いま処分してきてやったぞ
――何をする。あれは、どうしても必要な……
――てめえひとりがいい目を見るために、だろうが。世の中、そうは甘く出来てねえ
嘉次郎は、のけぞるようにして笑った。
――き――貴様……よくもよくも
――もう諦めな。手術が成功しても、長くて退屈な人生が待ってるだけだ。ドクター・メフィストが今度は逃がしちゃくれねえよ
財宝は苦悶《くもん》した。完敗だ。だが、この悪知恵に長《た》けた科学者はすぐに唯一の光明《こうみょう》を見つけ出した。
――だが、この手術の間、ドクター・メフィストは私の味方だ。心臓さえ治してもらえれば、私は完治を装《よそお》ってここを出る。二度とおかしなものは作りませんと誓ってな。それから先のことは、ドクター・メフィストも関知できん
――てめえって奴は
嘉次郎は呻いた。
――よしてくれ、そんな怒気に触れると手術中の心臓に悪い。とっとと消えてしまえ
――心臓に悪い？
嘉次郎の顔が訝《いぶか》しげに歪み、たちまちにんまりと笑み崩れる。
財宝は生涯初の大失態に気がついた。
恐怖で見開いた瞳の中で、老人の顔が笑った。
――ほおれ、この大悪党、くたばっちまえ
凄まじい怒りの念が財宝の心臓を直撃した。心室

心房が締《し》め上げられ、心臓の活動が急速に落ちていく。

――やめろ、苦しい、やめてくれ。私を殺したら、おまえも――

――二度とこの世に戻ってこられねえって？　気ィ遣《つか》うなよ。おめえの三つ目は潰したが、最初のはドクター・メフィストが、二つ目はわしの孫娘が、ちゃあんと保管しているぜ。とっととあの世へ行けえ

ドクター・メフィストにとっては、赤子の手をひねるように簡単な手術の最中に、突如《とつじょ》、患者の心臓が停止したのは、双方にとって不運ともいうべき椿事《ちんじ》であったが、メフィストがさしたる感慨《かんがい》もなく、残念だと助手たちを労《ねぎら》ったきり、手術室を出ていったのには、みな顔を見合わせた。

その日、バイトに行こうと家を出ると、祖父が立っていた。

確か三〇分以上前に外出したはずだ。飲み屋へ行ったのだろうと、めぐみは思っていた。

「お祖父ちゃん、どうしたの？」

「いや、何でもねえ。ところで、めぐみよ、あれ、持ってるな？」

「うん」

「壊しちまおうや」

「え？　いいの？　止めたの、お祖父ちゃんだよ」

「ああ、あんときはな。けど、よく考えたら、やっぱりなくしたほうがいいとわかったのさ」

「そうなんだ」

とまどいながらも、めぐみは、大好きな祖父の言うことを聞いてあげようと思った。

「いま持ってるよ」

嘉次郎は、うなずき、眼を閉じた。じきに開いた。笑っていた。

「よし、じゃあな、お祖父ちゃんがあの角を曲がっ

たら、壊しちまってくれ。いい子でいるんだぞ」

「え？――うん」

「それじゃ、頼む。あばよ」

めぐみの頭を優しく撫でて、嘉次郎は歩き出した。曲がり角で足を止め、片手を上げるとすぐ角を折れた。

めぐみはポケットから円筒を取り出し、地面へ叩きつけた。あっさりと砕けた。

風がめぐみの頬に当たった。

すぐに祖父の後を追った。

着流しの姿はもうどこにも見えなかった。

バイトから帰ると、母だけが待っていた。

「みんな、いなくなっちゃったのよ」

ぼんやりと告げる母に、めぐみは、

「そうなんだ」

と返した。

ずっと何かがおかしかった。それが元に戻っただけなのだと思った。いつか、またみな戻ってくるかもしれない。父も大好きな祖父も。

「今度は幽霊かな」

それが〈魔界都市〉なのだ。


〈注〉本書は月刊『小説ＮＯＮ』誌（祥伝社発行）二〇一四年十二月号から一五年四月号まで、「永遠《とわ》なる黒い生命」と題し掲載された作品に、著者が刊行に際し、加筆、修正したものです。

編集部

あとがき

今回のメフィストの敵は、永久機関である。

永久機関とは、外部からエネルギーを与えられずとも、「仕事」をし続ける装置を意味する。

判《わか》りやすく言うと、火器の弾丸は、薬莢《やっきょう》内の発射薬の燃焼によるエネルギーを外から受けて「回転しつつ飛翔《ひしょう》する」という仕事を成し遂《と》げるのである。

しかし、前方に標的がない場合、外から与えられたエネルギーは当然、空気抵抗や重力によって減少し、弾丸（正確には弾頭）は、いつか地に落ちる。

しかるに、永久機関においては、エネルギーは無尽蔵《むじんぞう》であるから、それを熱エネルギー、運動エネルギーに変じれば、永久に消えぬ電球、燃料無しのエンジンが誕生する。これを搭載した飛行機や艦船、自動車は、それ自体が耐久の限界を迎えるまで飛び続け、走り続けるのだ。これが生命エネルギーに変換されれば、言うまでもない。人間は永遠に生き続け、実質的な不死が実現する。

古来、あらゆる物理学の泰斗《たいと》が成し遂げようとした試みは、ついに〈魔界都市〝新宿〟〉において完成をみた。

こればかりは、ドクター・メフィストといえども実現しておらず、彼は今回大変な苦労と戦いに身を置くことになる。

〈魔界都市〉の生物たちが、不死を獲得したらどのような未来が待っているか、想像してごらんになるがいい。

いや、もっと身近な――外谷《とや》さんはどうだ？

不死を獲得するだけならいいが、強欲《ごうよく》さ、悪態、獰猛《どうもう》ぶりは天井知らずに上昇し、そのうち牙《きば》が生《は》え爪《つめ》が伸び、尻尾《しっぽ》まで生えて、ガオーガオーと〈新宿〉中を暴れ廻《まわ》るに違いない。そうなったらもう、ドクター・メフィストだろうが、秋《あき》せつらだろうが、手をつけられない怪生物が誕生するだろう。

今回の物語は、そんな隠し味も含んでいるのである。

ところで、文中、マスタートン博士がメフィストの何かを知って恐怖するシーンがある。彼は何を見たのだろう。それがメフィストの「正体」だとしたら、白い医師は一体なにものなのか？

平成二七年三月某日
「センチュリオン」（二〇一〇）を観ながら

菊地秀行

不死鳥街

ノン・ノベル百字書評

キリトリ線

なぜ本書をお買いになりましたか（新聞、雑誌名を記入するか、あるいは○をつけてください）

- □ （　　　　　　　　　　　　）の広告を見て
- □ （　　　　　　　　　　　　）の書評を見て
- □ 知人のすすめで
- □ タイトルに惹かれて
- □ カバーがよかったから
- □ 内容が面白そうだから
- □ 好きな作家だから
- □ 好きな分野の本だから

いつもどんな本を好んで読まれますか（あてはまるものに○をつけてください）

●**小説**　推理　伝奇　アクション　官能　冒険　ユーモア　時代・歴史　恋愛　ホラー　その他（具体的に　　　　　　　　　）

●**小説以外**　エッセイ　手記　実用書　評伝　ビジネス書　歴史読物　ルポ　その他（具体的に　　　　　　　　　）

その他この本についてご意見がありましたらお書きください

最近、印象に残った本をお書きください		ノン・ノベルで読みたい作家をお書きください	

1カ月に何冊本を読みますか	冊	1カ月に本代をいくら使いますか	円	よく読む雑誌は何ですか	

住所					
氏名		職業		年齢	

あなたにお願い

この本をお読みになって、どんな感想をお持ちでしょうか。

この「百字書評」とアンケートを私までいただけたらありがたく存じます。個人名を識別できない形で処理したうえで、今後の企画の参考にさせていただくほか、作者に提供することがあります。

あなたの「百字書評」は新聞・雑誌などを通じて紹介させていただくことがあります。その場合はお礼として、特製図書カードを差しあげます。

前ページの原稿用紙（コピーしたものでも構いません）に書評をお書きのうえ、このページを切り取り、左記へお送りください。祥伝社ホームページからも書き込めます。

〒一〇一―八七〇一
東京都千代田区神田神保町三―三
祥伝社
NON NOVEL編集長　辻　浩明
☎〇三（三二六五）二〇八〇
http://www.shodensha.co.jp/bookreview/

NON NOVEL

「ノン・ノベル」創刊にあたって

「ノン・ブック」が生まれてから二年一カ月、ここに姉妹シリーズ「ノン・ノベル」を世に問います。

「ノン・ブック」は既成の価値に〝否定《ノン》〟を発し、人間の明日をささえる新しい喜びを模索するノンフィクションのシリーズです。

「ノン・ノベル」もまた、小説《フィクション》を通して、新しい価値を探っていきたい。小説の〝おもしろさ〟とは、世の動きにつれてつねに変化し、新しく発見されてゆくものだと思います。

わが「ノン・ノベル」は、この新しい〝おもしろさ〟発見の営みに全力を傾けます。ぜひ、あなたのご感想、ご批判をお寄せください。

昭和四十八年一月十五日

NON・NOVEL編集部

NON・NOVEL —1021

ドクター・メフィスト　不死鳥街《ふしちようがい》

平成27年5月20日　初版第1刷発行

著　者　菊《きく》地《ち》秀《ひで》行《ゆき》
発行者　竹内和芳
発行所　祥《しよう》伝《でん》社《しや》
〒101-8701
東京都千代田区神田神保町 3-3
☎ 03(3265)2081(販売部)
☎ 03(3265)2080(編集部)
☎ 03(3265)3622(業務部)
印　刷　萩原印刷
製　本　ナショナル製本

ISBN978-4-396-21021-2　C0293

祥伝社のホームページ・http://www.shodensha.co.jp/